CLAUDIO.COM
PASIÓN EN LÍNEA

Colección Alejandría:
Narrativa

CLAUDIO.COM
PASIÓN EN LÍNEA

Sonia Ehlers

© 2014, Sonia Ehlers
© 2014, Ediciones Oblicuas
  info@edicionesoblicuas.com
  www.edicionesoblicuas.com

Primera edición: febrero de 2014

Diseño y maquetación: DONDESEA, servicios editoriales
Ilustración de portada: Héctor Gomila
Imprime: ULZAMA

ISBN: 978-84-15824-77-0
Depósito legal: B-1040-2014

ISBN Ebook: 978-84-15824-78-7

EDITORES DEL DESASTRE, S.L.
c/ Lluís Companys nº 3, 3º 2ª.
08870 Sitges (Barcelona)

Impreso en España – *Printed in Spain*

Índice

I. Doméstica molesta

Estaba hasta la coronilla del trato que recibía por parte del servicio doméstico. Lo interrumpía cada vez que se sentaba frente a su equipo informático. Desde su rincón, maquinaba qué hacer contra las molestas visitas.

—Pondré letreros en la puerta de la habitación, como hacen en los hoteles: «NO MOLESTAR». Esa mujer tan imprudente, ¿no se da cuenta de que estoy conversando con Rosa María? —murmuraba de manera que ella lo pudiera escuchar.

Estaba recién bañado, afeitado y perfumado. Llevaba un pantalón corto de color azul, una camisa de mangas cortas blanca y unas chanclas modernas antideslizantes. Generalmente se vestía así para capear el calor que hacía en primavera. Su faena diaria comenzaba muy temprano, ya no podía desarrollar su *toilette* con la velocidad de antes. En el baño, temía resbalar; al afeitarse, temía cortarse; y hasta ponerse la ropa le costaba un esfuerzo adicional y mucha concentración. Cuántos temores hoy, cuando hace apenas unos años era tan rápido. «Todo por servir se acaba, y acaba por no servir», su difunta esposa se lo repetía constantemente.

Años atrás, su ritmo era muy diferente. En su época de doctor, corría de un hospital a otro para atender a sus pacientes y pasaba noches enteras en vela por una emergencia o un paciente que se agravaba. Todavía lo paraban en la ciudad para agradecerle alguna intervención quirúrgica que había prolongado la vida de un enfermo. Él ya no reconocía muchas de esas caras, había operado a tantas personas que se borraban de su memoria, o confundía a unas con otras. Su hija, que lo acompañaba en las salidas, le iba diciendo al oído quiénes eran; parecía la asistente de un jefe de Estado en una entrada protocolar.

—Es fulano de tal, que vivía en el edificio de la calle seis y tenía dos hijos, ¿recuerdas?

—Sí, ya sé quién es —contestaba—. Está muy envejecido, por eso no lo reconocí.

Esto sucedía con frecuencia. Su hija era capaz de recitar quién era quién, calle por calle, casa por casa, incluyendo las dichas y desdichas de cada familia, sus logros y fracasos, sus ascendientes y descendientes.

Hacía años que él había dejado la práctica de la medicina. Ahora nada le resultaba más importante que su computadora y la amiga brasilera a quien había conocido en la Red. Sinceramente, se sentía feliz, había conseguido muchas amigas cibernéticas: la brasilera, la mexicana y la argentina, entre otras.

Ana, la mucama, insistía en llamarlo a gritos. Ocupando, con su voluminosa humanidad, el vano de la puerta del dormitorio, le avisaba de que el almuerzo estaba servido. Bueno, no le quedaba más remedio que posponer la comunicación, pedirle disculpas a Rosa María e ir a comer quién sabe qué platillo poco apetecible. Así, escribió, apurado:

Claudio: Mi amor, me vas a tener que disculpar, me están llamando insistentemente para que vaya a la mesa. Más tarde me comunico contigo.

Rosa María: Muy bien, mi angelito, hablamos más tarde.

Claudio: Si no voy ahora, la mucama no dejará de mirar hacia acá, llamándome neciamente.

«¿Qué habrá cocinado hoy?», se preguntaba. «Cuando no es arroz, es pasta o papas, y hasta ese brócoli maloliente. Cómo le gusta cocinar ese vegetal; lo odio. Dicen que es bueno para combatir el cáncer de próstata. Ya nada es bueno para mi cáncer, ya estoy más allá que acá. Y todo lo presenta como papilla. Es verdad que la dentadura ya no me acompaña, pero la dominicana esta podría igualmente variar y servirme un filete, un lomo, algo a lo que meterle el diente; hasta para cocinar hay que tener algo de gracia. Un día de estos se lo digo. Claro, sin que mi hija escuche porque, si nos abandona, es mi hija la que queda con todo el trabajo hasta que consigamos un reemplazo, y eso tampoco me conviene. Ella no va a tolerar mis mañas. Pero, qué va, Ana no se va de esta casa, aquí la tratan como si fuera la dueña y señora. Eso quisiera ella, ser la señora. ¡Pensar que hasta consideraron la posibilidad de casarme con ella para dejarles el camino libre! Seguramente soy una carga complicada para la familia. Si me casan, se les quita de encima la responsabilidad de velar por mi salud, así ella sería la dedicada a mi bienestar. Me resistí. Estoy viejo, pero no tonto. Tengo mis propios intereses y mujeres a montones para elegir la próxima novia. Si escogí a mi mujer siendo muy joven, con mayor razón lo haré ahora que cuento con muchos más años de experiencia».

Eso iba pensando Claudio mientras se levantaba con mucho esfuerzo de su silla corrediza y se encaminaba a la mesa del comedor apoyado en su bastón. Iba midiendo sus pasos, enfundado en las chancletas Croc que le había traído su hija de su último viaje. Eran muy cómodas, se lavaban y secaban rápidamente. A su edad, eso resulta muy útil en caso de que sufriera algún accidente de incontinencia. Afortunadamente, se había operado de la vista y ya no necesitaba preocuparse por los lentes, que antes se le perdían a cada rato. Debía ir con mucho cuidado: una caída a estas alturas podía ser muy complicada. Con diez pasos estaría ya en el comedor; los tenía muy bien calculados. Cuando llegara, se acomodaría en su butaca.

La sala y el comedor eran muy pequeños. El comedor constaba de cuatro sillas de metal con cojines que no amortiguaban el golpe en el trasero. La cubierta de la mesa tampoco era muy de su agrado, un vidrio cuadrado de tono cenizo. Podría romperse si se tropezaba y caía encima de ella. Ya casi alcanzaba su butaca asignada: esa era otra cosa, allí todo estaba asignado, como si uno estuviera leproso.

—El vaso azul es de Claudio —decían.

Hablaban como si Claudio fuera una persona ausente y no la que estaba parada frente a ellos, o sea, él.

El vaso rojo era del yerno; el amarillo, de la hija. El servicio doméstico disponía de sus propios vasos y cubiertos, de plástico y en tonalidades grises.

Cuando murió su mujer, estaba tan desconcertado que no atinó a darse cuenta de que lo habían mudado. Le dijeron:

—Ya no puedes vivir en esa casa tan grande. Te sentirás solo. Será mejor para todos que vivas con nosotros.

«No fue una consulta, sino una imposición», pensaba, en los momentos depresivos.

Se sentó con cara de pocos amigos en su puesto, donde estaba servido su plato de comida.

«Seguramente, ya está frío», pensó. «Me lo dan así para que no me queme la boca, como hace un par de semanas. ¡Uf!, todavía lo recuerdo: me quemé hasta las amígdalas, por apurado». Generalmente, comía solo. El yerno y su hija seguían su propio horario, los caracterizaba la indisciplina. «No son como yo, con un horario estricto para almorzar». Cada día, a las doce en punto, su estómago comenzaba a crujir. Parecía un reloj suizo. Era un hábito adoptado desde la infancia. No importaba dónde estuviera, a esa hora buscaba la comida. Últimamente, debido a las amigas cibernéticas, había modificado esa costumbre. Había notado que los jóvenes de ahora mantenían horarios muy flexibles, se acercaban a la mesa cuando a él le tocaba la hora del té.

«El yerno se pasa el día trabajando. Un poco de Ritalín no le caería mal. Es incansable. A veces lo observo entrar o salir desde mi habitación. Una ventana da al amplio jardín y a la entrada de la casa; en esa posición estratégica está ubicado mi mirador. Ellos piensan que no me muevo de la silla; mejor que piensen así. No se dan cuenta de cuánto observo. Soy el primero en ver desde ese ángulo cuándo se acerca el enemigo». El *enemigo*, en su diccionario personal, se refiere a aquello que se mueve y él no consigue reconocer. «El yerno pasa cargando madera; regresa arrastrando hierros; al rato, está metido arreglando las bombas de agua. Bueno, no me molesta que haga lo que quiera mientras no interfiera con lo que haga yo. Me entretengo mucho con mis mujeres cibernéticas, y él es mi técnico de cabecera, así que me conviene llevarme muy bien con él. De alguna manera, es mi cómplice en cosas de mujeres. Debo admitir que siento celos de él: su esposa está a su lado y lo atiende, y además conserva la juventud, que ya se me ha escapado no solo de las manos, sino del cuerpo entero. Ellos actúan como si nunca fueran a llegar a viejos. Mi vago consuelo es que algún día serán ancianos y compartirán lo que yo vivo y sufro ahora por que mi cuerpo no acompañe a mi mente ni a mi espíritu. Ellos alcanzarán su cuota de sufrimiento a su debido tiempo. Es ley de vida».

Se acomoda en su butaca del pequeño comedor y mira aquel plato poco apetitoso. «Nadie cocina como mi mujer. Cocinaba…, debo acostumbrarme a pensar en ella en pasado. Ella sí sabía darme gusto en eso. También he de reconocer que no podía quejarme de lo que guisaba porque, en primer lugar, no me hacía caso y, en segundo, existía el peligro de que abandonara la cocina para siempre. Y ese era un riesgo que mi instinto de conservación no quería correr». Una vez sentado, dijo:

—Ana, tráigame una copita de vino tinto para acompañar este desabrido platillo que me ha servido.

Mientras se lo traía, él reacomodaba los cubiertos, que estaban disparejos, ponía la servilleta de tela sobre sus piernas, miraba con desconfianza los medicamentos que se encontraban a un costado del vaso.

Ana, la mucama de República Dominicana, le hace muecas desde la cocina sin que la vea. Él sabe que se las hace, la había sorprendido en más de una ocasión, y se vengaba dejándole por el suelo unos granos de arroz o migas de pan a propósito, para que tuviera que volver a barrer.

Le había declarado una pequeña guerra a la pobre Ana desde aquella ocurrencia de su hija. Ocurrencia descabellada. En qué cabeza cabía que él, un hombre de mundo y profesional, pensaría en atarse lo que le quedaba de vida a esa parlanchina. Sí, parlanchina, mujercita que no sabe quedarse callada, todo lo comentaba y lo repetía, parecía un eco. Además, lo espiaba para después correr donde su patrona con los cuentos. Claudio había notado que, cuando su hija estaba conversando con Ana y él se acercaba sigilosamente, la mucama se callaba al instante y ella se ponía a hablar de la música que tocaban en la radio. ¿A quién querían engañar con esa actitud?

—Don Claudio, se acabó el vino chileno, ¿quiere uno que dice *hecho en Argentina*?

—Deme una copita del que haya.

Ana apareció con la copa de vino y, en vez de servirla por la derecha, como hacen los meseros entrenados, se la pasa a propósito por el frente de su cara, sin bandeja. Bien decía su esposa: «No aprenderán nunca. Cien veces se les dicen las cosas y vuelven y lo hacen mal».

—Oiga, Ana, ¿cuántas veces debo decirle que la copa se coloca al lado del plato por la mano derecha, y que debe traerla sobre una bandeja?

Ella no contestaba y se iba a la cocina, poniéndole los ojos turbios y haciendo morisquetas. La cocina quedaba a unos pasos del comedor; eso le permitía a Claudio pedirle a cada rato cualquier cosa que le faltara.

Él levantó la copa de vino, olió su aroma, observó el contenido contra la luz y sorbió el líquido aromático. Nada como un vino rico para acompañar la comida. Él no entendía mucho de vinos, y confiaba en que los que compraban en casa fueran especiales.

II. Claudio, vida previa

Don Claudio se había jubilado hacía más años de los que Ana sabía contar. Cuando llegó por primera vez a aquella casa, recomendada por una paisana que conocía desde hacía tiempo a la familia, él ya estaba felizmente retirado, viviendo de sus jugosas rentas con su mujer. Al poco de su llegada, la vida le jugó una mala pasada a don Claudio, arrebatándole el amor de su vida. Quedó viudo, lo que le desbarató totalmente su mundo y su plácida existencia. Nunca pensó que su esposa se iría antes que él. Los seguros que pagaba eran para que ella quedara protegida cuando él falleciera. Y ella misma estaba tan segura de que le sobreviviría que durante varios años pagó un seguro de vida apostando a su favor, hasta que llegó al tope de la edad y ya ninguna compañía quiso seguir corriendo el riesgo.

Desde pequeño, había sido muy consentido por sus hermanas y su madre. Siendo el único varón en casa, las mujeres se desvivían por atenderlo. Parecía un pequeño príncipe sin castillo. Lo habían enviado a estudiar medicina con muchos sacrificios, porque no eran acaudalados, no contaban con fincas ni vacas que vender en las ferias del poblado. Esperaban su retorno con mucho entusiasmo; confiaban en que aprovecharía al máximo los estudios. Soñaban con el día en que regresara al pueblo para ejercer lo aprendido: sería el orgullo de la familia. Pero él los decepcionó a la primera de cambio. Cuando fue al norte a estudiar, se enamoró y se casó al poco tiempo de comenzar la universidad. La familia le suspendió la ayuda económica para que aprendiera lo que era «comer cacao», como decían en su pueblo. Siguió los estudios a duras penas con la disciplina que su mujer le impuso, y así se fueron dando las cosas hasta que por fin pudo terminar la carrera y regresar a su país, casado y con hijos.

Hacía tanto de aquella época que ya olvidaba algunos pasajes. La memoria le jugaba malas pasadas, parecía que la realidad y la fantasía se le mezclaban dando paso a héroes y princesas que pudieron ser y no fueron. Ahora disponía de tiempo para escribir algunos versos, cuentos o relatos. En la carpeta que guardaba con mucho celo portaba varios poemas. Entre ellos estaba este, que era su favorito y lo leía cada vez que se le presentaba la oportunidad. Estaba pensando en enviárselo a su amiga Rosa María:

Soñar
Alguna vez soñé
tenerte entre mis brazos
y decirte tantas cosas,
todas ellas tan hermosas,
pero solo un sueño fue.

En tu rostro observé
la belleza y la ternura
que de ti yo tanto amé
y en tus besos yo palpé

ese néctar de dulzura
que jamás olvidaré.

Mas es cierto que soñé
y por ese sueño sé
que, si es cierto,
como es,
que tienes mi amor,
en verdad lamento yo
lo que solo un sueño fue.

III. Hábitat de Claudio

Terminó su comida y regresó a su computadora con gran esfuerzo, apoyándose en su bastón con una mano y llevando la copita de vino, que no había terminado, en la otra. Ese bastón era, en ocasiones, un arma peligrosa. Cuando se disgustaba, lo levantaba en forma amenazante para abrirse camino, o iba golpeando las puertas a su paso. Atrás lo seguía Ana, pisándole los talones, por si se resbalaba. Algunas gotas del vino salpicaban el suelo en su esfuerzo por mantener el equilibrio.

—¿Qué cosa querrá ahora esta mujercita? ¡Aléjese, que me está pisando!

—Don Claudio, no se tomó sus medicamentos. Espere, por favor. Si no se los toma, vendrá su hija y me regañará.

—¡Cuántas veces le tengo que repetir que no necesito esos medicamentos! Usted me quiere intoxicar, igual que mi familia. Yo soy el que le paga, debe seguir mis instrucciones o la voy a botar —le gruñe él, de mal talante.

—No diga eso, señor. Son los que le recetó el último médico que vino, para mejorar la circulación, ¿lo recuerda?, el que lo visitó hace un par de días, cuando le dieron esos calambres tan fuertes en la pierna, porque usted se la pasa sentado frente a esa computadora y se olvida del resto del mundo.

—¡Bah, qué sabe usted! Deme acá.

Cogió de mala manera el vaso con agua y las píldoras, que metió en su boca antes de sorber el líquido.

—Abre, toma y traga. Estoy tomando más de diez píldoras distintas que no me ayudan para nada —murmuró. La mano le temblaba, carecía del pulso que lo caracterizó en su juventud.

En plena pelea con la mucama, su hija entró en la habitación y alcanzó a escuchar sus palabras. Le dijo:

—Los medicamentos sí te ayudan, mira cómo te has recuperado de la última crisis.

—¡Bah! —alcanzó a exclamar, mientras se sentaba frente a su computadora.

Había desarrollado una estrategia para que lo dejaran en paz: ponía cara de enojado, pegaba un gruñido y los demás salían de la habitación.

Habían construido un anexo a la casa de campo para su comodidad. Esta se encontraba en una hacienda en las montañas, entre dos mares sobre los cuales, en el pasado, habían navegado piratas y corsarios. Allí, tres ventanas de estilo suizo con cortinas transparentes le permitían contemplar un paisaje tropical que envidiarían otras personas mayores, como él, o eso solía pensar en sus momentos contemplativos. Desde las ventanas veía y sentía el aroma de árboles de naranja, plantas de guineo, aguacates y guabas, entre otros árboles frutales. También observaba la piscina, que pasaba más tiempo en reparación que en uso. En las mañanas, el trinar de los pájaros le anunciaba el nuevo día. Disponía de una nevera propia, que procuraba mantener equipada con agua tónica, uvas y quesos franceses, y que, además, le servía para mantener la insulina a buena temperatura. Y contaba con un bar provisto con su whisky y vodka preferidos, que le ayudaban a conservar su sistema a tono. Había, además, un baño que le fabricaron expresamente, pensando que acabaría en silla de ruedas. Afortunadamente, eso no había sucedido, aunque ya se había llevado el susto de su vida hacía unos meses. Todavía entraba con sus pies a la ducha todos los días. Almacenaba los medicamentos que le recetaban en un cajón de una antigua cómoda que le había regalado un amigo peruano con ínfulas de conde. En una ocasión en que su hija estaba ordenando los cajones, se indignó al ver que él la había reparado a punta de clavos. Ella consideraba esa cómoda como una antigüedad, fabricada por los mejores artesanos peruanos. Ese día, le confiscó los clavos y martillos que guardaba en una caja de herramientas. Al poco tiempo, se le pasó la rabieta y se los devolvió. Martillar lo entretenía.

En primavera, los guayacanes adornan el paisaje, tiñéndolo de amarillo. Las orquídeas silvestres cuelgan libremente de los añejos árboles de mango, las estiradas varas de bambú brillan bajo los reflejos del sol y susurran musicalmente al ritmo de la brisa, llevando su melodía hasta la habitación. En la época lluviosa, la neblina cubre el valle y él puede ver al ganado paseándose como sombras difusas en su lento caminar en busca de mejor pasto. La excelente ubicación de la hacienda le permitía viajar de un mar al otro el mismo día, si así lo deseaba: le bastaba con pedirle al chofer que lo llevara, y listo.

Habían construido la habitación especialmente para él. Era muy amplia y de techo alto, con vigas a la vista. Estaba pintada de blanco, contrastando con los distintos tonos de verde del paisaje que se admira desde los ventanales; en las paredes puede poner cuantos clavos y cuadros quiera, pero, eso sí, sin tocar el mueble peruano. Una de las paredes está tapizada con fotos de su mujercita, que Dios tenga en su gloria, fiel compañera durante más de sesenta años. Aquellas fotos relataban un cuento feliz: una niña con cara angelical, vestida de blanco, haciendo su primera comunión, sosteniendo en una mano una vela encendida y, en la otra, un rosario y misal bendecidos; una linda quinceañera con un traje de encaje rosa pálido que destaca su belleza y juventud posa al pie de una escalera de madera fina en forma de caracol, peinada con abundantes rizos que caen sobre sus hombros medio descubiertos y luciendo un camafeo que cuelga de su cuello, mientras sonríe tímidamente. En otra foto, aparecen juntos, a principios de los años cuarenta del siglo pasado; es una de esas fotos que retocaban a mano, dándole un toque antiguo que provocaba serenidad al contemplarla. Otra foto que conservaba era la de su querida y admirada suegra, peinada con moño y ya canosa, donde destacaban aquellos ojos claros como gotas de agua, la frente despejada y la cabeza erguida, mostrando el temple que la caracterizaba, de una matrona que encerraba en su memoria recuerdos históricos, pasajes de la guerra civil de su país natal que él había escuchado una y otra vez en las tertulias familiares durante sus años de estudios. En otra de las paredes, enfrente del armario, estaba la foto de sus padres, donde se hacía evidente la diferencia de razas: su padre era descendiente de arios y su madre, una mulata de piel canela con cara pasiva, que calmaba al más inquieto con su ternura a flor de piel. Otra foto era la de su abuelo, cuya historia trágica lo marcó en su formación hacia la vida adulta. Así vivía, rodeado por sus recuerdos.

«Todavía no me atrevo a colgar fotos de mis nuevas amigas. Sospecho que el día que lo haga, mi hija pondrá el grito en el cielo. A propósito de foto, le enviaré a Rosa María una en la que se me vea bien». Comenzó a revisar las que le quedaban y encontró una que se había tomado hacía ya varios años. En ella, como de costumbre, estaba muy serio. Claudio era moreno, y con los años se había encorvado (la columna iba cediendo), los ojos se le habían vuelto tristes, la nariz era ancha por herencia materna, sus labios eran gruesos y lucía una acentuada calvicie, bastante canoso el poco cabello que conservaba, su dentadura estaba completa; de gesto adusto, pocas veces sonreía.

«Las pocas visitas que vienen a verme, generalmente son colegas. Se sientan a conversar un rato de lo que sucede en sus clínicas y hospitales, nada ha cambiado por esos lugares, las mismas quejas: los hospitales no cuentan con los suministros necesarios, faltan camas, el personal es limitado, los pacientes llenan las salas de urgencia por malestares no urgentes y quitan la oportunidad a los casos graves, hay escasez de especialistas, el sistema de seguro integrado costea una carga social que debería ser del ministerio de salud, los políticos intervienen sin la información adecuada». Se alegraba de haber dejado eso atrás. Luego de la plática, le tomaban la presión, escuchaban el latir de su corazón y le decían lo que ya sabía. Dejaban unas recetas y partían a ver a otro paciente menos complicado. «La última vez que vino un doctor, cuando se fue, manifesté que no tomaría más medicamentos. Mi hija reaccionó, diciendo: "Ahora mismo le telefoneo y le digo que la próxima vez que lo llames no venga a perder su tiempo, porque no obedeces sus instrucciones". No me quedó más remedio que abrir la boca y tragar más píldoras».

Después del almuerzo, se sienta frente a la computadora, esperando que alguien le mande un mensaje. Si no hay novedad en su equipo, ve el noticiero del mediodía, lee el periódico y echa una siesta.

A mitad del noticiero, aparece Ana, que le pregunta desde el umbral:

—Don Claudio, ¿qué prefiere para la hora del té, café o chocolate?

—Pero, mujer, si me acaba de dar el almuerzo, déjeme digerirlo. Haga lo que sea. Ahora estoy ocupado.

—Don Claudio, prefiero que usted me diga lo que quiere, así no se queja de que siempre le doy lo mismo. Como verá, ya me informaron de lo que anda diciendo a mis espaldas. Si tiene alguna observación que hacerme, hágala, que yo estoy para atenderlo.

—Déjeme pensarlo, luego la aviso.

Al salir Ana, suena insistentemente la campanilla de la computadora. Claudio da un brinco y apaga su televisor, su pulso se acelera al alcanzar a ver que lo está llamando su amiga cibernética brasilera. Se aturde un poco, y se pone su camisa: un caballero no atiende el llamado de una mujer sin camisa. Presiona el botón del teclado y contesta la llamada:

Claudio: ¡Aló, aló!

Rosa María: Hola, amorcito, ya iba a cerrar, no contestabas.

Claudio: Hola, muñeca mía. Sí estaba. Me demoré porque me encontraba firmando unos cheques para pagarle al personal. Todavía debo atender algunas cosas, aunque esté jubilado.

¿Cómo está la reina de mi corazón?

Rosa María: Muy bien, mi angelito. Te quería dar las gracias por el regalo que me enviaste por correo, me cayó muy bien. No podía dejar que pasara un día sin agradecértelo.

Claudio: No tienes que agradecer nada, lo hago con mucho gusto. Te llamo más tarde, ahora hay moros en la costa.

Rosa María: Un besito.

La hija entra en su habitación. Le lleva una bolsa grande de compras del supermercado para que meta en su nevera: unas cervezas, galletas, jugos, yogur, maní salado y pasas para la memoria.

—Hola, papá, ¿qué haces? Aquí te traigo cosas ricas para que tengas a mano. Te guardaré las cervezas en la nevera para que estén heladas cuando quieras tomar una.

—Estaba viendo un estudio sobre el cáncer de próstata que acaban de publicar en internet —le respondió—. Siempre es interesante estar al día con los adelantos. No te preocupes, deja eso sobre la mesa, que yo lo guardo después. Gracias, hija, tú siempre pensando en lo que me gusta.

Ella deja las cosas en orden y sale de su cuarto rumbo a la cocina. Claudio se queda pensando en que va a tener que hablar con su hija sobre su relación con esta amiga brasilera.

No es posible que un adulto como él deba esconderse a estas alturas de su vida y, para colmo, cortar la comunicación cuando está más entretenido. Es necesario que las cosas cambien.

IV. Mundo cibernético

Cuando Claudio enviudó, al principio pensó que nunca podría superarlo. Nadie creyó que lo haría. Sufrió una depresión que duró mucho tiempo y lo mantuvo bajo tratamiento y control estricto. Afortunadamente, había aprendido a manejar los programas básicos de la computadora con la ayuda de su yerno. Se había propuesto que no moriría sin aprender a manejar uno de esos equipos: no los entendía, pero aprendería. Ahora, esta nueva tecnología se había convertido en su mayor diversión. Si le quitaban la computadora, se moriría de tristeza.

Hacía ya tiempo que ir a la ciudad a pasear o al casino a jugar a la ruleta carecía de encanto para él. Aquellos días en que perdía hasta la camisa en el juego habían quedado atrás. En cambio, el mundo cibernético le ofrecía muchas cosas y juegos más estimulantes. Le daba acceso a cualquier tipo de información para los múltiples males que lo aquejaban, como la próstata, la presión, el corazón, la diabetes, la circulación o la depresión. Le proporcionaba conocidos de cualquier edad e incluso acceso a juegos de azar y, lo más importante, por medio de la tecnología había conseguido varias amigas. El sistema le permitía mantener contacto con sus familiares, aunque vivieran al otro extremo del mundo. Además, si quería, les hablaba y si no, se mantenía como ausente en la pantalla, y así no lo interrumpían mientras chateaba con sus amigas. Su equipo era ya un poco viejo, y pasaba mucho tiempo reparándolo. Desenchufaba los cables, que eran muchos, y los volvía a enchufar. Se le iba el sonido de la música clásica o los boleros de antaño que había aprendido a descargar y, de pronto, volvían a oírse a todo volumen, sin explicación; se le borraban los mensajes y las poesías sin razón aparente. Miraba fijamente la pantalla con ojos vidriosos, buscando respuestas a su angustia. Tecleaba fuertemente con dedos artríticos y movía el ratón sin rumbo fijo, sin darse cuenta de por dónde se le perdía la flecha indicadora de su posición en la pantalla. No se explicaba por qué se le borraban los contactos, ni por qué en unas ocasiones podía hablar por el micrófono y en otras no. Mandaba mensajes con adjuntos que no le llegaban al receptor.

Estaba contemplando comprar un modelo más moderno. Miraba los anuncios en el periódico en busca de ofertas. Su técnico de cabecera le aconsejaba que no tocara varios botones al mismo tiempo y que no se metiera en los programas, pero su curiosidad era más grande que él. Se metía y tocaba lo que iba encontrando a su paso, lo cual afectaba a la configuración del equipo. Los peores momentos ocurrían cuando el servicio telefónico se caía y demoraban en repararlo. Parecía un león enjaulado cuando se quedaba sin comunicación con el mundo exterior.

Cuando se le caía el sistema, miraba las telenovelas de amor que transmitían los canales locales. Su tono había cambiado con los años, había más violencia contra las mujeres, los mafiosos mostraban su poderío delictivo, los galanes lucían afeminados mientras que las musas lo hacían agresivas, interesadas y menos sumisas, ¿dónde había ido a parar el romanticismo? En fin, lo entretenían mientras que le arreglaban las líneas telefónicas o el sistema.

Por medio de internet había conocido a Rosa María, la mujer con la que ahora soñaba, con la que algún día se casaría. Volvió a vivir al encontrarla. Era brasilera, joven, soltera, y con novio, pero él no era celoso. Era joven, sí, muy joven, aunque él pensaba que para el amor no había edad. Tenía cincuenta años menos que él, pero ¿a quién le importa la edad? Pensaba en Douglas y la Zeta Jones. Él se sentía joven, viril, conquistador, ella estaba rendida a sus pies. Era rubia, de ojos azules; al poco de conocerla le había mandado una foto en vestido de baño de cuerpo entero. Sus pechos, su boca, toda ella era un bombón con el que se deleitaba al contemplarla. Había puesto esa foto como fondo de pantalla, y así podía mirarla continuamente. En algunas ocasiones, le declaraba su amor y sentía a sus espaldas la mirada recriminatoria de su difunta mujer. Se reponía rápidamente pensando que ella estaría feliz al pensar que él no se sentía tan solo y triste con su ausencia. Con ese pensamiento superaba las malas vibraciones y continuaba su coloquio cibernético.

Rosa María le había contado que vivía con sus padres. El papá estaba muy enfermo, en silla de ruedas. Ya no se podía movilizar solo. Era un señor viejo, como de sesenta años. Claudio parecía olvidar que él pasaba de los ochenta. La madre, igual que el padre, estaba muy delicada de salud. Rosa María era el único sustento de la familia; trabajaba de sol a sol. La pobrecita salía muy temprano de casa hacia su trabajo y regresaba en transporte público hacia las ocho de la noche para darles la comida, las medicinas y acostarse a descansar. No le quedaba tiempo para nada personal. La conoció durante un viaje de vacaciones que hizo su hija. Se sentía tan solo que se dedicó a contactar con cuanto anuncio salía en su pantalla ofreciendo amistad. Cuando la hija regresó de aquel viaje, se encontró a un papá muy cambiado. Estaba emocionado como un adolescente. Durante un desayuno, le comunicó que había hecho muy buenas amigas por medio de internet. Su hija solo le contestó, con expresión muy seria:

—Mientras sean solo amigas y no gente que te quiera sacar dinero, está bien. —Su hija se molestaba por estas relaciones cibernautas; le decía, en tono reprobatorio—: Uno nunca sabe quién está del otro lado de la pantalla. Pueden ser maleantes abusando de incautos como tú.

Pero qué va, su Rosa María estaba en un pedestal ante sus ojos, nadie más inocente y puro que aquella muchacha que le dedicaba por internet horas enteras desde su oficina, que lo saludaba cariñosamente todas las mañanas.

—Bueno —le decía su hija—, un día de estos habré de venir a recogerte con pala. Te vas a enamorar y te va a dejar botado. Esta mujer lo único que quiere es sacarte dinero. A ver, dime la verdad, ¿le has enviado dinero? ¿Te pide dinero?

Él contestaba, nervioso y resignado, a tanta pregunta sin mirarla a los ojos.

—No, te he dicho que ni un centavo. Ella me quiere. Es muy buena.

Así pasaba los días. Llegaría el momento en que su hija se cansaría de poner en duda su amor correspondido. ¿Por qué desconfiaría tanto? «Esta es una muchacha excelente. Nadie me trata tan bien como ella».

Él soñaba con una boda en el campo, rodeado de flores y árboles, una novia vestida de blanco, que luciría un lindo vestido con cola colgante lo más larga posible, peinada con guirnaldas rojas que destacaran su bonito pelo de rizos dorados. Los acompañarían hasta el altar, improvisado al aire libre, un par de niños que irían regando flores mientras pasaba su amada. Guardaba hasta los últimos detalles en su cabeza. Él iría vestido con un frac, a la antigua. Si tan solo le dieran la oportunidad, volvería a vibrar ante ese monumento de novia que había conseguido. Miraba por televisión a esos personajes ricos y famosos con gran diferencia de edad entre ellos, y nadie les recriminaba nada. No les quedaría más remedio que aceptar su relación con un nuevo amor.

V. Sarita, amiga y confidente

Sonaba el teléfono. No fue a contestarlo; nunca fue afín al teléfono y, en realidad, apenas nunca lo llamaban.

Sorprendentemente, en esta ocasión la llamada era para él. Ana se acercaba por el pasillo, avisándole:

—¡Don Claudio, es para usted!

Gritaba de un cuarto a otro, con un tono de voz que hacía estremecer los vidrios de las ventanas.

—¿Quién es? Pregunte quién me llama. Estoy ocupado en la computadora —contesta él desde su habitación.

«¿Será con la que yo conozco o con otra cibernética?», se preguntó Ana.

Claudio la escuchó hablar por teléfono:

—Perdone, señora Sarita, yo le conozco la voz, pero don Claudio insiste en que pregunte quién le llama.

—Dígale que soy Sarita y que, si está ocupado, lo llamo más tarde.

—¡Oiga, dice que es Sarita! —le chilla.

Sarita había sido la amiga íntima de su mujer. Ella y él eran compadres. Sarita también había enviudado; su marido había sufrido una larga enfermedad que requirió de cuidados exhaustivos y agotadores, los cuales, a sus años, casi la llevan a la tumba junto a él. Afortunadamente, su fortaleza de mujer nórdica y su temple para afrontar las calamidades le habían permitido salir adelante y sobreponerse a ese calvario. Se habían conocido mientras Claudio estudiaba en la universidad, y desde entonces había florecido una amistad que duró toda la vida. Sarita se conservaba muy bien. Siempre vestía con el último grito de la moda. La última vez que la había visto, llevaba un traje de lunares rojos y zapatos bajos dorados con una cartera que le hacía juego. Era bastante más joven que su difunto marido. Sarita había viajado por todo el mundo. Pertenecía a varios clubes sociales y en muchas ocasiones le había tocado representar al país internacionalmente.

Le agradaba ella, porque lo entendía. Habían conversado sobre lo bueno que sería reanudar sus vidas, encontrar una nueva pareja que los comprendiera, que les llenara el vacío que habían dejado sus difuntos.

—No sea atrevida, Ana, se dice «señora Sarita». Páseme el auricular.

Aquella mujer servicial, con cara de pregunta, inquirió:

—¿El qué?

—Deme, deme —le dijo, arrancándole el teléfono de las manos—. Hola, Sarita, ¿cómo estás?

—Bien, Claudio, y tú, ¿cómo te has sentido?

—Aquí, pasándola. Ya sabes cómo es esto de la soledad. Nadie me toma muy en cuenta, me tratan como si fuera un mueble o, peor, como si fuera un inválido. Hablan como si yo no estuviera presente. Incluso como solo. Afortunadamente, ahora he conseguido una amiga íntima que me aprecia mucho y me ayuda a sobrellevar esta situación.

—Claudio, no seas tan mal agradecido, vives con tu hija y su marido, tienes más comodidades y libertad que antes. Estás como un rey en esa gran habitación que te han construido. No hablemos de cosas tristes. Cuéntame lo de tu nueva amiga.

—Bueno, en realidad son varias, pero hay una favorita con la cual me quisiera casar.

—¡¿Casar?! ¡Ave María Purísima, a quién se le ocurre eso! —exclamó Sarita—. Vamos, vamos, Claudio, esas son palabras mayores. A estas alturas nadie piensa en casarse. Yo enviudé hace dos años y no estoy pensando en casarme *ni de a vaina*. He recuperado mi metro cuadrado. Hago lo que quiero, cuando quiero, salgo con quien me apetece, ¿para qué echarse la soga al cuello nuevamente? Eso es para la juventud. No quiero pasar por el sufrimiento de ver morir a otro ser querido. Ya pagué mi cuota de sacrificio.

—Precisamente, mi novia tiene treinta y seis años. Ella está en edad casadera, no creo que me acepte si no hay un compromiso serio de por medio.

—Por Dios, Claudio, estás delirando. ¡Treinta y seis años! ¿Qué piensa tu hija?

—No le pido su opinión porque sé de antemano cómo va a reaccionar. Está muy celosa. Tomo mis propias decisiones, tengo mis propios ingresos y mi casa, puedo hacer lo que me venga en gana.

—Bueno, Claudio, yo te sugiero que andes con pies de plomo. Recuerda que quien se acuesta con niños amanece mojado. Te llamaré la próxima semana, ahora me van a recoger para ir a comer y después vamos al teatro. Cariños por allá.

—Gracias, Sarita, por tus consejos, pero ya estoy decidido. Si no es con Rosa María, será con una argentina psicóloga, muy educada, que también me quiere mucho.

—Vaya, Claudio, te has echado un harén. Si las cosas van tan en serio, necesitarás mucha Viagra y chequearte el corazón muy seguido, recuerda que ya pasaste un susto anteriormente. Cuídate mucho.

—Gracias, Sarita, ven la semana que viene a comer conmigo.

—Sí, te llamaré. Saludos a tu hija y a su marido.

VI. Sarita preocupada

Sarita colgó el teléfono y se quedó pensativa. Debía llamar a la hija de su amigo para prevenirla de lo que él estaba planeando hacer. ¿Qué pensaría su difunta comadre de su marido? Seguramente, se estaría revolcando en su tumba.

Claudio, al igual que su marido, había sido responsable durante toda su vida, aunque sin ser un santo, precisamente. Ella y la esposa de Claudio sabían que los dos les habían puesto los cuernos en algún momento. Tanto fue así que estuvieron dispuestas a abandonarlos si no se corregían.

Recordaba aquel escándalo que no se pudo ocultar, a pesar de que la prensa no lo había publicado por respeto a la difunta. Había ocurrido un accidente, casi en la madrugada, después de un baile, que había dejado tres heridos de gravedad y a una mujer muy joven muerta. Se rumoreaba que la joven había invitado a Claudio al baile, pero él prefirió no ir: sospechaba que su mujer conocía sus andanzas y no quería provocar una situación de la cual se arrepentiría el resto de su vida. Sarita sabía la atracción que aquella joven provocaba en Claudio e intuía, con su instinto de mujer, que, para provocarle celos, había ido al baile con otros amigos. Sarita también sabía que él nunca había dejado de atormentarse pensando que, si hubiera aceptado la invitación de la muchacha, ella estaría viva. Definitivamente, pensó Sarita, hablaría con la hija de Claudio.

El sonido estridente de un claxon la sacó bruscamente de sus pensamientos; sus amigas ya estaban en la puerta, por lo que tomó su cartera y salió apresuradamente a la calle, no sin antes echar un último vistazo a su casa para asegurarse de que todo estaba en orden. Durante el trayecto en el automóvil, sus amigas notaron que estaba como en otro planeta.

—¿En qué piensas, Sarita? —le preguntaron.

—En mi amigo Claudio —les respondió—. Me ha dejado muy pensativa por las cosas que me ha dicho.

Y les relató la conversación que había sostenido momentos antes con él. Como ellas lo conocían, los comentarios, con sabor a cotilleo, no se hicieron esperar.

—Sarita, acuérdate de que siempre ha sido medio mujeriego. La pobre esposa lo mantenía bien atado, pero, así y todo, se dio sus buenas escapadas —acotó Maruja.

—No fue ni el primero ni el último hombre en acostarse con su secretaria —dijo, con un mohín de disgusto, Rosario—. Ahora, por lo que nos cuentas, anda de viejo verde. Acuérdate del vejete de su padre, que hace años se vestía de blanco, con sombrero y bastón en mano, persiguiendo a cuanta falda le pasaba cerca. Ahí andaban las hermanas de Claudio persiguiendo al padre, que se les escapaba cada vez que ellas pestañaban.

—Los genes son muy fuertes —indicó Sofía—. Aunque disponemos de voluntad y algunos podemos controlar la influencia tan fuerte que heredamos, no todos lo pueden hacer, especialmente los hombres, que siempre parecen perros en celo.

—Sí, es verdad lo que dicen —interrumpió Sarita—, pero él es mi amigo y me dolería verlo sufrir un desengaño a estas alturas, eso lo puede llevar a la tumba. Hablaré con su hija para prevenirla, por si no está enterada de lo que sucede. ¿Alguna de ustedes se volvería a casar? —preguntó, medio en broma, medio en serio.

—Yo sí —contestó Maruja—. Y, como primicia, les digo que estoy saliendo con un amigo de la infancia que se ha quedado viudo. Conozco varios casos de mujeres que se han casado en segundas nupcias con amores de la juventud.

—Con la vida de perro que me dio mi ex, ni loca lo consideraría —dijo Rosario.

En este punto, la conversación se interrumpió: habían llegado al restaurante.

VII. Claudio en su habitación

Estaba recostado sobre su cama, con el televisor prendido, escuchando las noticias. Su hija tenía razón, pensaba. No debería escuchar el noticiero, solo pasaban malas noticias. Asesinatos diarios, robos a mano armada, políticos corruptos. Veía a su país sumido en el tercer mundo sin remedio. Los estadistas de verdad que habían pasado por el palacio presidencial desde el inicio de la independencia se podían contar con los dedos de una mano. Apuntó el control remoto hacia el aparato y le disparó el rayo letal que lo silenció de forma inmediata. Se sintió bien al sentir el poder que le proporcionaba esa arma de acción instantánea. Era como tener la potestad de hacer desaparecer o reaparecer a los personajes a su completo antojo. Acto seguido, depositó su arma en la mesita de noche y se levantó para dirigirse a su computadora.

Revisó los correos que habían entrado y no reconoció los nombres que aparecían en el listado de entradas recientes. No resistía dejar ni un correo sin abrir, aunque le habían recomendado que no lo hiciese con los extraños, por varios motivos, entre ellos porque así entraban los virus al equipo, y las ofertas no deseadas.

Abrió el primero, que decía:

De: Mr. Rino Singh
Para: Claudi
Asunto: Herencia Nigeria
Dear Mr.Claudi:

I got your email thru one friend. I inherited 5 million dollars and want to give you one million if you give me your bank account. I cannot receive the money until I send it out of Nigeria. Answer soon so I can deposit money in your account.

Sincerelly,
Rino Singh

El corazón le latía muy rápido. La suerte había tocado a su puerta. En ese momento entró Ana a su cuarto y, emocionado, olvidándose por un instante de la guerra que mantenía con ella, le dijo:

—Mire, Ana, el correo que me acaba de llegar. Viene con varios errores ortográficos, pero eso se debe a que en Nigeria no hablan el inglés muy bien.

Se lo leyó, traducido.

Para: Claudi
De: Sr. Rino Singh
Asunto: herencia Nigeria
Un amigo me dio su dirección. Recibí una herencia de cinco millones de dólares y le puedo regalar un millón si me da su número de cuenta bancaria. No puedo recibir el dinero hasta que lo envíe fuera de Nigeria. Espero su respuesta pronto para depositarle el dinero en su cuenta.
Sinceramente,
Rino Singh

—Ay, don Claudio, tenga cuidado, eso parece una estafa. No vaya a darles su número de cuenta. Hable primero con su yerno o su hija. Escuché a unos amigos hablar de gente que anda pidiendo los números de cuentas y después les saca el dinero a los dueños.

—No creo que sea una estafa. Se trata solo de alguien que no dispone de la facilidad de enviar dinero fuera de su país y por eso me pide ayuda.

Ana se fue a la cocina muy preocupada por lo que podría hacer don Claudio con sus cuentas bancarias sin que su hija lo supiera.

Él, todavía emocionado, imprimió el correo para mostrarlo a su familia. Ahora sí sería rico. Podría ofrecerle matrimonio a su amiga brasilera cuanto antes. Decidió apagar el equipo y soñar con la buena suerte que estaba empezando a llegarle. Más tarde hablaría con su yerno, a ver qué opinaba.

En cuanto lo sintió llegar, salió a recibirlo. El yerno venía manchado de grasa de pies a cabeza. Había estado reparando uno de sus autos. Últimamente le había dado por la mecánica. Al llegar a casa, se quitaba la ropa y la metía en una gran olla con agua y jabón para ponerla al fuego y desengrasarla. Claudio le salió al paso antes de que empezara su ritual de lavandería.

—Mira, mira lo que me llegó hoy a mi computadora —le dijo—. Estoy de suerte, seré millonario.

El yerno cogió la hoja de papel y leyó su contenido.

—Suegro, le están tomando el pelo. Yo también he recibido mensajes similares. Son estafadores que, una vez que obtienen el número de su cuenta bancaria, logran entrar en ella y le roban su dinero.

—¿Tú crees? Mira, aquí dice claramente que heredó cinco millones.

—Lo quieren estafar. No abra correos de gente que no conoce —le aconsejó, con un tono de paciencia que estaba lejos de sentir.

Sin darle tiempo a Claudio a que dijera nada más, se dio media vuelta y se metió al baño. Claudio estaba decepcionado. Todavía albergaba dudas. Le escribiría de vuelta al señor Singh, a ver qué le contestaba. Dejaría el tema por el momento. Se sentía decaído. Parece que nunca le tocaría la suerte de ser rico. Su hija le controlaba los ingresos y ya no podía gastar en lotería como él quería. Le dejaba una cantidad fija para ese renglón. En ocasiones, se sentía vigilado. No podía regalarle a sus amigas grandes cantidades sin que se dieran cuenta en su casa. El nigeriano podría ser una alternativa. Le mostraría la carta a su hija para que le diera su opinión al respecto. Lo haría al día siguiente, cuando su yerno ya hubiera salido hacia sus ocupaciones.

Su difunta había dejado unos centavos ahorrados, pero con instrucciones precisas: solo serían usados en caso de una enfermedad grave suya o de su hija. Él quería emplearlo para viajar, comprar un auto nuevo, para sus amigas, para juegos de azar. Quería casarse y para ello necesitaba una fuerte cantidad de dinero. Su yerno lo había tranquilizado diciéndole que no se preocupara, él personalmente lo ayudaría a casarse si así lo deseaba. Estaba dispuesto a acompañarlo a buscar a la novia a Brasil y pagarles la luna de miel en uno de esos clubes de tipo mediterráneo que estaban tan de moda en el país. Le acondicionaría un apartamento para su nido de amor. Estaba tan disgustado por que su hija no le permitiera usar esos dineros a su antojo que le había comentado a su amiga Sarita y a otros amigos que se lo habían robado. Sonaba tan convincente cuando se quejaba, que quienes recibían sus correos electrónicos estaban convencidos de que su hija lo mantenía casi secuestrado, aprovechándose de sus ingresos y dejándolo abandonado, arrinconado y solitario. La hija pasó a ser la villana de una película de horror de un asilo. Los familiares la miraban con desconfianza, y no disimulaban las caras de sospecha. Ella recibió, incluso, un par de llamadas inquisidoras respecto a la herencia materna. Una de esas llamadas había sido de Sarita, que conocía muy bien a la familia.

La computadora iluminó su cara con un reflejo azulado, dándole un aspecto espectral y casi siniestro. Miró la pantalla y encontró que su amiga Perla estaba conectada.

Estaba indeciso sobre si charlar o no con ella. La hora no era la más conveniente: Rosa María podría llamarlo y, como no dominaba eso de hablar con dos personas a la vez, estaría en aprietos. Se conectaría con ella más tarde, quizá.

VIII. Perla, la argentina

Claudio estaba pensando si conversaba o no con Perla esa tarde. No se encontraba muy animado, pero no quería que lo sintiera deprimido. Ella era una argentina muy educada que había conocido unas semanas después de haber hecho contacto con Rosa María. Perla era todo entusiasmo y optimismo, aunque un poco vieja para su gusto: tenía cincuenta años. Sin embargo, se notaba que estaba mucho más preparada que Rosa María. Perla le escribía un par de veces por semana, le enviaba adjuntos muy significativos, le juraba amistad eterna, le mandaba fórmulas para vivir mejor y todo tipo de información interesante. Era una mujer estudiosa que, según le contaba, daba charlas en las universidades de Buenos Aires. Le gustaba la música clásica, igual que a él, y mostraba las cualidades que él buscaba en una mujer. Sentía mucha afinidad. Sin embargo, él dudaba, no se atrevía a insinuarle su interés abiertamente. Ella ya le había confesado que conocerlo había sido lo mejor que le había pasado ese año. Esas palabras le alegraban el corazón y le levantaban el ánimo; en su interpretación, eran una declaración explícita de amor. Perla abiertamente le insinuaba una relación seria: debía ser cauteloso en cómo manejaba esa amistad.

Perla no sabía de la existencia de Rosa María. A su vez, esta no sabía de la existencia de aquella. Él mantenía las cosas separadas. Eso le encantaba de internet: podía conversar con todas, solo necesitaba estar muy alerta para no equivocarse de con quién hablaba. Un error podía costarle el amor de su vida. Al final, decidió conversar con ella un rato, podría mejorarle el estado de ánimo.

> Claudio: Hola, Perla, ¿cómo estás?
>
> Perla: Hola, Claudio, estoy bien, ¿y vos?
>
> Claudio: Aburrido de la monotonía.
>
> Perla: Escucha música, eso te levanta el ánimo muy rápido.
>
> Claudio: Y tú, ¿qué has hecho hoy?
>
> Perla: Es una historia larga. Te la cuento si tienes tiempo, o lo dejamos para otro día.
>
> Claudio: Tengo todo el tiempo del mundo. Dime.
>
> Perla: Desde hace un par de años atiendo a una paciente que sospecha que es adoptada. Hoy, al conversar con sus padres, me confirmaron que sí lo es. La adoptaron durante la dictadura. Era hija de unos militantes de la época. Ahora la paciente es adulta y exige la verdad. Presiona a los padres adoptivos, ya mayores, a que confiesen quiénes son, o eran, sus padres biológicos.
>
> Claudio: Es un caso difícil. Hace poco salió en las noticias algo parecido. Es una tragedia la que vive esa familia.
>
> Perla: Parece que son muchos los casos. Te estoy enviando por correo una revista que habla de situaciones similares. Ay, perdona, te dejo, que me acaba de llegar una visita.
>
> Claudio: Hasta la próxima.

Claudio se quedó pensando en aquello. Muchos de los desaparecidos durante la dictadura militar habían dejado críos pequeños. Ahora estaban destapándose muchos de los misterios que envolvían esas desapariciones, causando traumas a los padres adoptivos y a los familiares que sobrevivieron a los desaparecidos.

IX. Soñando despierto

Estaba decidido, presionaría a Rosa María para que tomara una decisión al respecto de su relación. Es verdad que ella le había informado de que tenía un novio desde hacía años, pero, al mismo tiempo, le había confesado que lo que ella sentía por él era diferente, muy especial. Recientemente, el novio brasilero le había pedido que se casaran. Ese novio se le había adelantado a Claudio en la proposición, ahora debería esperar a ver qué decidía ella. Debía utilizar toda su experiencia para no perderla ante aquel rival, que era muy joven. Por ahí llevaría las cosas, le hablaría de lo inmaduro que era, de lo irresponsable que había sido en los trabajos anteriores, de la parte económica, del costo que significaba mantener a sus padres, etc. En cambio, él le podía ofrecer una vida tranquila, darle la seguridad económica de la cual ella carecía y, por supuesto, amor eterno.

Debido a esa inoportuna declaración prematura del novio, él mantenía a Perla y a Panchita, la mexicana, en reserva. Panchita le rezaba a la Virgen de Guadalupe y a San Antonio que este año le llegara el príncipe soñado. Claudio pensaba: «Bien puedo ser yo ese príncipe tan esperado».

Estaba en una etapa de muchas dudas, pero, de que estaba enamorado de Rosa María, no le cabía ninguna. Quizá debería tomarse unos días de vacaciones y dejar a las tres amigas en descanso para pensar mejor. Sarita tenía razón, se trataba de un paso muy serio. Eso de casarse era para toda la vida. No tomaría las cosas a la ligera. Consultaría con su cardiólogo su estado físico.

X. Panchita, la mexicana

—Don Claudio, no me ha contestado qué quiere que le prepare para la tarde, café, té o chocolate —le dijo Ana, parada en el umbral de la puerta.

Ana vestía unos pantalones rojos bien apretados que marcaban sus formas, y una camisa blanca sin mangas dejaba ver sus anchos hombros. El pelo ondulado le caía sobre ellos, componiendo una cascada de rizos que explotaban al chocar con la curva que se formaba al final de su espalda. Ana era descendiente de españoles y de negros, poseía la herencia genética de la voluptuosidad africana mezclada con el color claro de su parte ibérica.

—¿Qué preparaste ayer? —preguntó Claudio, bruscamente.

—No recuerdo —contestó ella.

«Cabeza de chorlito», pensó decirle.

—Dame un café con un par de tostadas, por favor —se decidió a pedir.

En ese momento, se iluminó una esquina de la pantalla: apareció Panchita en la computadora. Le tocaba la campanita insistentemente para que la viera y la oyera. Hacía días que no se comunicaba con él, solo aparecía y por ahí mismo desaparecía de la pantalla, sin hablarle. Seguramente, estaba muy disgustada por los consejos que le había dado sobre cómo manejar sus relaciones con los hombres que conocía en internet. Panchita era mexicana. Él no sabía su edad, no se la había confesado todavía. Conocía poco de ella, solo algunas menudencias que ella le había comentado: que le rezaba a la Virgen de Guadalupe y a San Antonio para conseguir un buen marido ese año. Le había confesado que en Año Nuevo había puesto a San Antonio de cabeza y había dado la vuelta a la manzana cargando un maletín vacío. Ella era supersticiosa y le habían asegurado que eso atraería los viajes. Ella nunca había viajado, pero ahora había hecho muchos amigos por internet y alguno de ellos sería la persona ideal para conocer y, ¿por qué no?, para casarse.

Él le había escrito:

Claudio: Panchita, no te apresures. —Repetía las mismas recomendaciones que otras personas le hacían a él—. *No sabes quién está del otro lado de la comunicación. Puede ser un maleante que te rompa el corazón. Vete paso a paso, no hay apuro.*

Panchita estaba apurada, no quería ese tipo de consejos, y se había disgustado, diciéndole tajantemente:

Panchita: Mira, Claudio, no quiero seguir conversando contigo porque eres muy pesimista. Yo necesito gente optimista que me diga que sí a todo, que vea la vida con alegría, para tristezas ya he llenado mi cuota. Mañana te hablo.

Y le cerró la comunicación.

«Vaya», pensó él, «qué carácter tiene la mexicana». De ese incidente hacía más de una semana.

La campanita de la computadora sonó por segunda vez. La haría esperar un rato para que no pensara que siempre estaba disponible. Le entró, en ese mismo momento, un correo electrónico. Era de Perla. Lo leería en la noche, así no sería interrumpido por Ana, que ya venía con su letanía. Mirando la forma provocadora de vestir de Ana, Claudio pensó que debería hablar con su hija. Sería bueno sugerirle que la uniformara para que no anduviera con esos pantalones tan apretados. Había días que usaba unas minifaldas que, cuando se agachaba, hasta a él se le ponían los ojos turbios. Ella no era su tipo, pero, hombre, al fin, él no era inmune a las provocaciones. «Mi mujer siempre las uniformaba», pensó, «ella sabía lo que hacía». Mejor prevenir que lamentar. Se acordó de aquel cuento de una amiga boliviana según el cual una vez que llegó a su casa se encontró a la mucama vestida con un *negligé* rosado en su cama matrimonial nada más y nada menos que con su marido. Hasta ahí llegó el matrimonio.

XI. Oficina del novio de Rosa María

No muy lejos de la casa de Claudio, el novio de Rosa María había montado lo que él llamaba «su oficina». Le apodaban «el Chico», lo cual era un contrasentido, pues el tipo era casi un gigante. La «oficina» estaba ubicada en un edificio muy viejo, de aquellos que la municipalidad había marcado con un indicativo especial que señalaba que se encontraba en proceso de demolición. Había todavía varios inquilinos que no habían querido desalojar los apartamentos, pese a que los del segundo y tercer piso habían sufrido rajaduras en el último temblor de tierra que había sacudido violentamente la ciudad. Entre esos estaba el Chico, que alquilaba un local en la planta baja. Era un billar de mala muerte que constaba de dos ambientes. Afuera, colgaba de medio lado un letrero a maltraer en cuyas letras deslavadas se adivinaba, más que se leía, el giro del negocio: «El billar del soñador», proclamaba el aviso. Estaba pintado en lo que una vez fuera un fondo de color rojo con letras negras descoloridas. En uno de los cuartos, el Chico había puesto tres mesas de billar, donde los ociosos iban a jugar una partida. También había una pequeña barra donde tomarse un trago, y era un punto de reunión donde algún cliente aburrido podía conversar, con otro más aburrido aún, de fútbol o de cualquier otro tema banal. En ocasiones, los ánimos se acaloraban de tal manera que se formaba una pelea de puños, al más puro estilo de la conquista del Oeste. Se escuchaba una música romántica de fondo que salía de una Wurlitzer y le daba un toque sentimental al decadente lugar. Las paredes estaban forradas con un papel aterciopelado verde al cual el transcurrir de los años había causado deterioro por donde se mirara. Un par de lámparas colgaban del techo, donde las telarañas no pasaban desapercibidas. El salón del billar carecía de ventanas, y no contaba con extractor; el humo del cigarrillo se acumulaba de tal manera que apenas se podía respirar. La poca luz impedía distinguir a quienes se sentaban en las mesas y sillas del fondo. Tras la barra había un cantinero con cara abotagada, producto de andarse tomando los restos de las botellas de los tragos que servía. Cada vez que el Chico lo descubría en esas, le apuntaba en la cuenta el equivalente a un trago completo. Nadie le robaba a él ni una gota de alcohol.

Al fondo, en el segundo salón de aquel antro, el Chico se sentaba frente a una mesa de escritorio, bloqueando la entrada. A esa otra habitación solo entraban él y la poca gente a la que él autorizaba.

El Chico medía un metro ochenta, era de espalda muy ancha, cara redonda, tez blanca y ojos negros muy intensos. Su cara estaba marcada por una cicatriz en la mejilla derecha: era el recuerdo dejado por alguien a quien trató de *levantarle* la mujer. No se tocaba ese tema delante de aquel hombre de antecedentes violentos. Una calvicie acentuada marcaba aún más su gesto adusto. El Chico era un analfabeto funcional. Había aprendido a leer siendo ya un adulto y encontraba bastante dificultad en entender lo que leía; sin embargo, en lo que a números se refería, no había nadie capaz de superarlo. Lo único que reconocía y retenía muy bien eran los números. Había sido abandonado por su madre a los seis años en un orfelinato, del cual se fugó a las pocas semanas. Su vida se regía por códigos que sería complicado tratar de descifrar para alguien que no hubiera crecido dentro de ese medio. Había aprendido a sobrevivir en las calles más hostiles de la ciudad, barrios en los que la policía no se atrevía a adentrarse si no era acompañada por el ejército.

La entrada a esa habitación estaba estrictamente prohibida salvo para su grupo escogido de trabajadores. La usaba para un negocio muy lucrativo que se le había ocurrido, a pesar de sus limitaciones, en esta era moderna de la comunicación por internet. Un negocio limpio, según su punto de vista, seguro, rentable. El personal resultaba fácil de entrenar, y de reemplazar, si se ponía muy ambicioso.

La inversión inicial había sido un poco costosa para su nivel económico: un par de computadoras —cuyo número fue aumentando con el transcurso del tiempo—, algunos escritorios y, por supuesto, las muchachas que operaban las computadoras. A la larga, todo era ingreso. Los gastos fijos los prorrateaba con el salón de billar. Improvisó en aquel salón las mesas para las computadoras, unas sillas y un personal que entrenaba en pocas horas. Las pruebas que debían pasar para ser contratados eran a prueba de tontos: principalmente, se requería buena disposición; la ortografía no era indispensable, la gente escribía garabatos por internet. También necesitaban buenas voces, para el caso de que hubieran de usar el micrófono. El resto del material, como fotos, tarjetas de felicitación, tarjetas con angelitos o corazones y mensajes nostálgicos lo manejaba él mismo con el personal, dependiendo de la necesidad de cada cliente y la ocasión. Y, con eso, cada una de esas computadoras le reportaba una interesante cifra mensual.

Cada empleada manejaba una lista de clientes con los cuales debía hablar diariamente. El diálogo que sostenían era similar con todos ellos, había que mimarlos, darles comprensión y, especialmente, darles mucho cariño. Como las operadoras hacían más o menos lo mismo unas y otras, eran muy fáciles de reemplazar en caso de que alguna se ausentara por cualquier motivo. De las ocho horas diarias acordadas en su jornada laboral, usaba la primera para revisar los clientes a contactar y el tiempo de las conversaciones a mantener con cada uno, y durante la última revisaba qué clientes habían depositado dinero en las cuentas corrientes de la empresa. Como era obvio, manejaba varias, para despistar a la clientela. Dependiendo de cuánto depositaran, así sería la atención que se les prestaría al día siguiente. «*Money talks, monkey walks*», decía este estafador, frase que había escuchado a un gringo y le había gustado tanto que la repetía muy seguido.

En ocasiones, tenía que andar con mucho cuidado porque algunas chicas se identificaban demasiado con los clientes; eso no le convenía económicamente. Aquello debía desarrollarse como una relación comercial y, aunque el trato fuera muy personal, había ciertos límites que no se podían sobrepasar.

Últimamente, había notado que Rosa María pasaba mucho rato con un cliente llamado Claudio. Debería vigilarla de cerca, aunque, por lo que indicaban los números, ese cliente le dejaba una buena cantidad al mes. Sin embargo, ¡atención!, en guerra avisada no muere soldado. Rosa María podría perder el objetivo de su relación con él.

En la primera computadora la había puesto a trabajar a ella. Las sentaba de acuerdo a la producción de la semana. Nadie tenía el puesto fijo, debía ganárselo con resultados comprobados. Había puesto a Perla en la segunda y, en la tercera, a Panchita. La cuarta y la quinta estaban sin uso, por el momento. Aunque le daba vueltas a la idea de contratar a un hombre, no había tomado la decisión todavía. Por un lado, podría traer más clientes; por otro, podría causar problemas con las chicas. No se había decidido aún. Podría atraer a clientes homosexuales, y ese mercado estaba creciendo. El recorrido de clientes con los que contactar diariamente era extenso. Algunos no se comunicaban seguido; otros eran demasiado absorbentes, demasiado melosos; otros, apasionados; muchos querían conocerlas; todo había de ser manejado estrictamente, había que torearlos cuando se ponían densos.

Ya habían llegado las tres a trabajar. Algunos días resultaban más productivos que otros. Los lunes eran muy buenos para contactar con los clientes. Generalmente, estaban tristes; sus parientes no los habían ido a ver el domingo, como prometieron, los habían dejado vestidos y alborotados. Eso los deprimía y necesitaban a sus chicas para sobreponerse al abandono; ellas eran el consuelo apropiado. Los martes ya se habían desahogado y estaban dispuestos a consentirlas dándoles algún regalo monetario; solo ellas los entienden. Los miércoles, día de lotería, estaban un poco flojos para el negocio, los clientes se entretenían con la televisión, pero, si ganaban, ¡bingo!, se volvían muy generosos; si perdían, se deshacían en lamentos y dejaban una jornada larga y aburrida. El jueves había que presionar por resultados, igual que el viernes; el sábado se volvía puro sentimiento y dulzura, era el momento de hacer promesas de amor eterno.

XII. Claudio lee el correo de Perla

Claudio ya había tomado el té y se preparó para retirarse a su habitación. Había derramado el vaso de agua. Un accidente más. Ana lo secaría más tarde.

Una vez que cerraba la puerta, se aislaba del mundo. Se ponía el pijama y se dedicaba a su harén cibernético. Tenía pendiente leer el correo que había recibido de Perla por la tarde. Ella le había contado que era viuda, había disfrutado un matrimonio muy feliz y, al perder a su marido, no quiso volver a casarse. Llenaba su vida con su profesión de psicóloga, daba charlas benéficas y participaba mucho en actividades universitarias. Le gustaba la música clásica, igual que a él. Si tuviera que decidirse por alguna de estas amigas, debería ser por Perla; era la más afín a sus gustos, sus preferencias, pero había un inconveniente: su edad. No era que él anduviera tras las jovencitas, pero, comparada con Rosa María, la diferencia de edad era algo a considerar.

Abrió su correo, que decía:

Para: Claudio@hotmail.com
De: Perla@hotmail.com
Hola, Claudio:

Como ya sabes, enviudé hace unos meses y te informo de que, aunque mi difunto marido me ha dejado bien económicamente, se me ha presentado un gasto sorpresivo. En la tarde he chocado el auto y yo soy la culpable por haber pasado con luz roja. La reparación de mi auto saldrá en unos quinientos dólares sin incluir los gastos del otro auto afectado. No sé qué voy a hacer. Los intereses de mi dinero no entran a mi cuenta hasta finales de mes, y faltan muchos días y necesito reparar el auto cuanto antes. En todo caso ya veré cómo resuelvo esta situación. Mañana será otro día. Che, dicen que Dios aprieta, pero no ahoga. Espero que estés bien. Saludos, Perla.

Claudio se preocupó al pensar que ella estuviera en tal aprieto y puso una nota en su agenda personal para enviarle una transferencia al día siguiente. Revisó para ver si conservaba los datos de la transferencia anterior y sí, todo estaba en orden. Escribió P5, en clave, y eso quería decir «Perla quinientos». Utilizaba claves porque Ana y su hija estaban pendientes de sus notas. Ya su hija había descubierto que enviaba dinero a sus amigas, lo deducía por los estados del banco. Él le juraba y perjuraba que no lo hacía. En cualquier caso, era su dinero y podía usarlo como quisiera. Su hija le decía:

—Si quieres ayudar a alguien, yo te puedo dar una lista. No mandes dinero a gente que no conoces: no sabes si te están estafando.

Su hija siempre tan mal pensada. ¿Quién me va a querer estafar? Es solo una amiga que necesita ayuda.

«Voy a contestar el correo de Perla».

Nuevo
Para: Perla@hotmail.com
De: Claudio@hotmail.com

Perla, lamento mucho lo ocurrido con tu auto. Lo importante es que tú estés bien y no te haya sucedido nada físicamente. Las cosas materiales se reponen, la salud es más complicada. Te lo digo como médico que soy. Mañana te enviaré a tu cuenta un dinerito, no es mucho, pero en algo te puede ayudar a resolver este inconveniente. Gracias por la linda tarjeta que me enviaste con tantas flores. Sé que me aprecias de verdad y eso para mí es lo más importante en estos momentos. Hacía mucho tiempo que no contaba con una amistad tan sincera como la que me has ofrecido estos meses. Siempre que necesites ayuda, sabes que cuentas conmigo.

Tu amigo Claudio .

XIII. Perla

Perla estaba hastiada de no hacer nada en su casa. Había buscado empleo durante más de seis meses hasta que lo encontró en aquel billar de mala muerte. El patrón le había dicho que el trabajo era sencillo. «Unos días de entrenamiento, te sientas tras una computadora, te doy una lista de clientes —que tú puedes ir agrandando—, les escribes las cosas que quieren escuchar y los consientes. Generalmente, se sienten muy solos. Viudos, divorciadas, no importa el sexo, tú siempre harás el papel contrario. Es decir, si te toca una mujer, firmas como si fueras Vicente; si te toca un hombre, serás Perla. Lo importante es usar un poco de psicología, darles gusto. Poco a poco, te vas ganando su confianza y, cuando ya te sientas segura, les comenzamos a sacar dinero por cualquier motivo. Al final de mes, vemos cuánto has recaudado y te doy un porcentaje».

«Fácil», pensó Perla, «pan comido». No era lo que había soñado, pero si con eso podía alimentar a sus críos, para ella funcionaba. Había aprendido bien el oficio y ya llevaba meses en acción. Acababa de enviarle a Claudio una nota inventándole un accidente de auto. En un par de días se produciría alguna reacción. Si le enviaba dinero, sería un punto a favor de ambos: ella ganaría un porcentaje y él obtendría media hora más de comunicación para calmar su soledad.

Perla les decía a sus clientes que era argentina y psicóloga. Eso de ser psicóloga funcionaba muy bien. Se ganaba su confianza casi de inmediato. La mayoría eran viejitos. Se quejaban de la poca atención que les dedicaban sus familiares, de lo marginados que estaban, de lo mal queridos. Seguramente, habría algo de cierto, pero ¿qué tan buenos viejitos serían ellos? ¿Habían sido padres cariñosos? ¿Maridos modelo? ¿Obedecían? ¿Se aseaban como les pedía la familia? Conocía a varios que, igual que niños, ya no querían bañarse, parece que ya no disponían de tiempo para hacerlo, y no obedecían, salían de sus casas sin permiso, causando una gran preocupación a los familiares. Dentro de su ignorancia, sabía que de todo hay en este mundo. Ella podría dar algunos ejemplos de los hombres que conocía, que tenían de cualquier cosa menos de buenas personas. Para ejemplo, su padre. Él había sido un borracho irresponsable. Ahora aparecía por la casa pidiendo ayuda sin merecerla. Ese era otro tema. Sabía que algunas personas habían dejado el trabajo con el Chico porque sentían que estaban estafando a la gente. Con ella no iba ese tipo de escrúpulos: les dedicaba horas a los clientes, los confortaba, les daba ánimos, eso era más de lo que recibían de sus familias. Se ganaba su dinero con el sudor de su frente.

XIV. El desayuno

Claudio se levantó muy temprano, como de costumbre. Se lavó la cara y los dientes. Se miró al espejo, hoy se afeitaría. Rosa María quería verlo por la cámara de la computadora, pero ella no disponía de una. Intentaría resolver ese pequeño inconveniente. Podría mandarle una por correo o enviarle el dinero para que la comprara en Brasil, y así podría utilizar la garantía, en caso de que le saliera dañada.

Se sentó en la cama para tomarse el nivel de azúcar con sus aparatos especiales. Estaba un poco alta, debía aplicarse insulina. Abrió la pequeña nevera que había en su habitación, sacó la ampolla con la insulina y preparó la inyección. Ya estaba tan acostumbrado a la rutina que lo podía hacer con los ojos cerrados. Se tomó las pastillas para la presión, para la circulación, para la próstata, para la incontinencia. Repasó el proceso paso a paso, por si se le olvidaba algo. No encontraba una pastilla para el corazón que estaba seguro de haber comprado en su última salida a la ciudad. Se encaminó lentamente hacia el comedor con su andadera, que tanto apoyo le prestaba.

Hacía rato que había escuchado a la mucama trasteando en la cocina. Un día sí y uno no, rompía un vaso o un plato. ¡Era tan nerviosa! «Cuando mi hija comience a cobrarle lo que rompe, se va a corregir. Por ahí viene. Si no me quito, me arrolla con su enorme volumen; debe de pesar cerca de los cien kilos. Viene sin zapatos, esa mala costumbre de andar descalza; por más que le digo que por ahí entran las infecciones, no aprende».

—Buenos días, don Claudio, ¿cómo amaneció? ¿Durmió bien? —le preguntó ella, tan alegre como siempre. Ana era una persona muy fiel, y siempre estaba de buen humor, pero hablaba muy alto, con esa voz destemplada que hacía temblar la taza de café.

—Bien, anoche tuve una pesadilla, soñé con usted. Ahora, si me deja pasar, voy a desayunar.

—Ay, don Claudio, compre el diez en la lotería, esa es mi fecha. Seguramente va a ganar, como siempre. ¿Quiere café o té?

—Té —contestó, malhumorado.

«Ni siquiera capta las indirectas», pensó él. «¡La lotería! Voy a comprar esta semana sin que se dé cuenta mi hija. Le molesta mucho que juegue la mitad de mis ingresos en la lotería. Antes iba al casino con mi mujer. Ahora, a mi hija le ha dado por decir que, gracias a mis aportes, el ex presidente había cumplido sus sueños de poseer avión, carros, motos, casas, de lo que iba sisando».

Se sentó en su puesto asignado. Sin darse cuenta, derramó el vaso de jugo. Ana, que lo observaba mientras se acomodaba, le dijo:

—No se preocupe, yo me encargo de limpiar esto.

Siempre solícita para ayudar, prácticamente lo empujó con su cuerpo para retirar el vaso. Ana fue a la cocina por un paño para limpiar el líquido derramado.

—¿Quiere los huevos fritos o pasados por agua? —preguntó, diligentemente.

—Hoy no comeré huevos, deme solo té y un par de tostadas.

Cuando se le derramaba algo en la mesa, se sentía muy incómodo; lo único que deseaba era retirarse a su habitación para que nada más lo molestara. Se inclinó para ver si ya le habían traído su periódico, que le colocaban en la mesita de la sala.

—¿Qué busca, don Claudio?

—Lo mismo de todos los días, el periódico.

—Cuando llegué, no estaba en el buzón. Lo tiran por cualquier lado. Dentro de un rato iré a ver si ya lo han traído.

—Vaya de una vez, seguramente no lo buscó bien.

Ana, obediente, aprovechó para darse un paseo mientras cumplía la orden. Claudio, por su lado, terminó su desayuno y se dirigió al baño para ducharse, manteniendo el equilibrio con su bastón.

XV. El optimismo

Muy bañado y perfumado, listo para empezar el día, Claudio se sentó frente a la computadora. Cuando se acercaba la hora de conectarse por internet, se preparaba como para una cita de verdad, se echaba una rica loción, se peinaba, se afeitaba. Había fines de semana en que lo dejaban plantado; eso le ponía de muy mal humor. En esas ocasiones, andaba buscando pelea con cualquiera que se acercara a su habitación. Esta mañana se sentía optimista. Realizó lentamente el ritual de prenderla. Se sentó muy recto. Su hija, que entró un momento a despedirse, le dijo:

—Vaya que estás elegante, te pusiste camisa de manga larga. ¿Quieres ir a la ciudad?

—No, es que hoy usaré la cámara y me quiero ver presentable.

—¿Presentable? Bueno, qué bien que estés de tan buen ánimo. Parece que los antidepresivos te funcionan. Me alegro —le dijo, mientras se alejaba hacia la cocina.

Allí, le pidió a Ana:

—Vigílame de cerca hoy a mi padre. Está sospechoso. Me cuentas cualquier cosa que veas o escuches. Ya no sé qué hacer para separarlo de esas estafadoras.

No quería quitarle la computadora de la pieza para evitar que se deprimiera más de la cuenta. La computadora lo mantenía con una ilusión.

Ana se dirigió a la habitación del señor, que le estaba vedada a esas horas, pero ella debía cumplir con las instrucciones de quien le pagaba: su patrona.

Se acercó a don Claudio; este se incomodó, movió los dedos rápidamente, hizo un gesto de disgusto y la pantalla se puso negra. Ana no conocía esos equipos, solo sabía que, en ocasiones, cuando se acercaba de puntillas, alcanzaba a ver de refilón mujeres en vestido de baño, mensajes con corazones o la pantalla negra, como ahora. Lo espiaría desde el jardín, por la ventana trasera; desde ahí había mejor visibilidad de la pantalla, y él no la descubriría.

—Aquí le dejo su periódico. El escándalo del ex presidente sigue en primera plana con grandes titulares, pero ya eso también dejará de ser noticia. Cada día hay un escándalo nuevo y nadie va preso, solo nuestros hijos van presos.

—Póngalo sobre la cama. No quiero interrupciones.

Miraba el reloj, pronto serían las once de la mañana. Rosa María aparecería en la pantalla en cualquier momento. Esperaba con ansias esa comunicación. Se había convertido en su mejor amiga, con esa forma tan especial de decirle «Buenos días, mi angelito...» que lo hacía vibrar. Nadie lo saludaba con tanto cariño como ella.

Ana se apresuró a salir al jardín y tratar de averiguar algo sobre el entretenimiento de don Claudio en ese momento. Estaba lloviendo copiosamente, no le había dado tiempo de ponerse las botas de agua y, cuando ya estaba muy cerca de la ventana, se resbaló, causando un escándalo al pedir auxilio. El jardinero, al escucharla, soltó la pala y corrió en su auxilio. Claudio se levantó de su silla para asomarse por la ventana y ver a aquella mujer desparramada por el lodo y al jardinero, que era flaco, haciendo un esfuerzo sobrehumano para levantarla.

—¿Qué anda haciendo usted por esa parte de la casa con esta lluvia? ¿Se quiere matar o qué?

—Nada, nada, don Claudio, estaba buscando unos mangos. No se preocupe.

XVI. El Chico programa el día

En la oficina del Chico, todo procedía según lo programado. Estaba satisfecho con los resultados del día anterior: Perla había logrado una buena suma de su cliente Claudio. Rosa María debería hacer un esfuerzo adicional si quería recibir ingresos ese mes. La mexicana estaba entrenándose a cabalidad: había progresado con el mismo cliente, ella lo llamaría durante el día, después de Rosa María.

«Tengo que decirle a Rosa María que le hable al cliente de sus necesidades de pagar las cuentas de internet y de la luz. Vamos a ver qué resultados nos da por ahí el negocio. Lo importante es mantenerlo siempre en comunicación, para que no interfieran otras redes en mi negocio. Está claro que estos tipos son absorbentes, necesitan atención constante o se aburren de esperar y comienzan a conversar con cualquier otra persona que los distrae, y mi dinerito se va para otra parte».

—Rosa María, ven. Trae tu lista de clientes. A Juan le sacaste cien. A José, cincuenta. A Pedro solo veinte; mañana le dices que no podrás hablar más con él, a ver cómo reacciona. A Claudio, ¿ese es el viejito de ochenta o noventa años?, a ese dale más cariño, repítele que es tu angelito, dile que no te podrás comunicar tan seguido, porque no has podido pagar la cuenta de luz, o del teléfono.

—Pobre, señor —respondió Rosa María—. El mes pasado me envió trescientos. No creo que pueda tanto todos los meses, parece que la familia lo tiene vigilado; ya sospechan que lo estamos extorsionado.

—Ese no es problema tuyo. Tú cumple con tu trabajo. Vamos, vamos, a trabajar.

Le dio una nalgada cuando se encaminaba hacia su computadora.

XVII. Buenos días, mi angelito

Rosa María miraba el reloj de la computadora. Hoy no se sentía con mucho ánimo de sacarle dinero a nadie. Este Chico era un abusivo. El negocio se le caería si seguía con tanta ambición. Ella era flaca y pelinegra, como la Olivia de Popeye, pero le había enviado a Claudio una foto de una gordita rubia. Tenía que buscar su cuaderno para asegurarse de no meter la pata y confundir los clientes.

Este viejito, Claudio, era muy coqueto. Ahora andaba con la onda de querer verla por la cámara, «necesito inventarle algún cuento para que deje ese tema. Me va a ver y a darse cuenta de que ni soy gordita, ni rubia. Soy un fraude. Toda mi vida ha sido un fraude. No estoy orgullosa de ello. Odio este trabajo, pero Chico dice que es decente ayudar a la gente que se siente sola. Por un lado, no le falta razón, pero abusamos de su soledad sacándoles dinero. Entiendo que deba pagar su inversión y al personal, pero ya Claudio me ha dado miles. Son las once. Claudio es muy puntual, me dijo que se conectaría a las once y ahí está».

Rosa María: Buenos días, mi angelito.

Claudio: Buenos días, mi amor. Hace rato que estoy conectado esperándote. Hoy me puse guapo para ti. Llevo una camisa amarilla de mangas largas y estoy recién afeitado, y con una colonia que te encantaría.

Rosa María: Estoy segura de que sí me encantaría verte, pero recuerda que te dije que no tengo cámara. No me permiten usarla en la compañía; es más, si se dan cuenta de que estoy conversando contigo, son capaces de botarme.

Claudio: No tienes por qué aguantar ese trabajo. Cásate conmigo y listo, no deberás trabajar nunca más.

Rosa María: Qué lindo, mi angelito, pero sabes que tengo novio y debo cuidar a mis padres enfermos. Ahora, por ejemplo, no me alcanza para los medicamentos que le recetó ayer el doctor a mi padre. No me queda otro remedio que pedir prestado.

Claudio: No te preocupes, mi amor. Yo te mandaré esta semana una buena cantidad. Y a tu novio, despáchalo, no te conviene, es muy inmaduro. Necesitas a alguien como yo, que te dé seguridad económica.

Rosa María: Gracias, mi angelito, siempre me salvas de mis problemas, pero no necesito mucho, con trescientos hay suficiente para ponerme al día con las medicinas. Sobre mi novio, te contaré que hace dos semanas que no sé de él, creo que terminaré mi relación; me quedará más tiempo para conversar contigo.

Claudio anota «RM3» en un papelito que tiene escondido bajo la agenda. Ya no puede dejar las cosas para después, la memoria lo traiciona.

Claudio: Nada me gustaría más que estrecharte entre mis brazos. Espera, que hay moros en la costa. Se acerca Ana.

—Aquí le traigo un vaso de agua, don Claudio.

Ana espía de reojo la pantalla; alcanza a ver la foto de una rubia. Más abajo ve letras y cifras, pero, de pronto, la pantalla se pone negra.

Claudio se dirige a ella:

—¿Qué parte de «no quiero interrupciones» no le quedó clara?

La mucama sale de la habitación riéndose.

—Disculpe, venía a traerle agua y, de paso, a recoger la canasta de la ropa sucia.

Él se pone nervioso y, de pronto, se confunde con el teclado, pero se recupera y continúa su chateo.

Claudio: Amor, disculpa, es que la mucama vino a interrumpir y sonó el teléfono.

Rosa María: No te preocupes, angelito, yo comprendo. ¿Sabes mi dirección para el regalito o préstamo que me vas a enviar?

Claudio: Sí, aquí está todo, yo te mando el dinero y te aviso en cuanto lo haya hecho. Dame un beso.

Rosa María: Un beso para mi angelito favorito. *¡Mua!* Ahora te dejo, viene mi jefe.

Claudio: Hasta más tarde, mi amor, te adjunto un poema que escribí para ti. Llegará el día en que estemos juntos sin que nos molesten.

Claudio quedó molesto por escuchar a Rosa María mencionar a su novio. Buscó su carpeta de poesías y sacó una que le podría enviar por correo electrónico. La carpeta estaba desordenada. Se dedicaría el fin de semana a poner en orden los papeles. Solo el fin de semana se podía dedicar a eso, porque en esos días sus amigas, por diferentes razones, no se comunicaban tanto. Seguramente debían atender a sus familias.

Celos

¿Por qué lo miras?
¿Te inspira alguna confianza?
Si tus ojos solo deben mirar
el sendero de tu venganza.

Eres bella y presumida
¿Por qué lo miras?
A sabiendas de que en tu vida
su presencia solo te invoca ira.

Si de ti solo añora
el desnudo de tu cuerpo,
y su mente solo implora
el encanto de señora.
¿Por qué lo miras?

Tus pupilas centelleantes
y sus rayos luminosos,
con destellos galopantes
ya lo ignoran por pedante.
¿Por qué lo miras?

XVIII. Vida de Rosa María

Rosa María era la octava hija de una familia de doce hermanos. Vivían en un barrio marginado de la capital. Sus padres eran muy pobres y se ganaban la vida recogiendo periódicos viejos que la gente del barrio alto botaba. Ellos se levantaban en la madrugada y salían los dos muy temprano de la casa, montados en un triciclo al cual le habían acondicionado un cajón grande donde iban colocando los periódicos viejos que iban recolectando. Seguían una ruta trazada desde hacía años. El recorrido era largo, pero les rendía económicamente, como ellos decían. Su padre pedaleaba en las subidas y su madre lo reemplazaba cuando ya aquel hombre no daba para más. En ocasiones, él padre se llevaba a uno de los niños para que fuera aprendiendo la ruta en caso de que él o su mujer se enfermaran. A ella le tocó una vez hacerla. Se juró aquel día que saldría de ese ambiente o moriría. Ella era muy delgada y nunca iba a poder pedalear como lo hacía su madre, que era muy fuerte. Si sus otros hermanos querían vivir así, esa era su decisión, que la tomara cada uno por su cuenta y riesgo.

Cada día, al partir a la faena, los hijos quedaban durmiendo a cargo del mayor, de unos quince años. El hermano les preparaba agua caliente con hojas de limón o naranja y un pedazo de pan —cuando lo había— a cada uno. Los padres llegaban en la noche cansados, cargando una bolsa de pan que compraban en la panadería que les quedaba a quinientos metros del cuarto. Llegaban tan tarde por el recorrido que hacían; generalmente, los más chicos ya estaban durmiendo. Recoger los periódicos era solo parte del trabajo: cuando el cajón ya estaba tan hasta el tope que parecía una pirámide a punto de caer, llevaban la carga a la fábrica de papel reciclado, que quedaba en las afueras de la ciudad. Allí se posicionaban por orden de llegada en la larga fila que formaban otros que, como ellos, hacían esa labor. Afortunadamente, cuando les tocaba el turno, pesaban la carga rápidamente y en ese mismo momento les pagaban. Eso era un ingreso diario que servía para que la familia saliera adelante. Con el dinero bien guardado, regresaban por aquellas avenidas llenas de tráfico, arriesgando el pellejo.

Rosa María creció viendo a sus padres trabajar cada uno de los días de su vida, pero no veía que prosperaran. Adultos y niños seguían apiñados en aquel cuarto cuyo techo en invierno dejaba pasar la lluvia y en verano, el calor, de manera que se asaban allí dentro. Poco a poco, sus hermanos se fueron yendo de la casa. Aprendieron a leer gracias al hermano mayor, que los sentaba en el piso después del desayuno y, con un palito puntiagudo, les dibujaba las letras en aquel piso de lodo. Nunca olvidaría a aquel hermano que tenía tanta responsabilidad sobre sus hombros. Así fue pasando su infancia Rosa María, hasta que llegó el día en que decidió abandonar el hogar y buscar trabajo en casas de familia. A eso se dedicó por varios años, a cuidar niños ajenos.

Eso, por lo menos, le permitía un techo, comida y su ingreso propio. En los días libres salía a ver a su familia o a pasear con alguna amiga que trabajaba en el área.

Así conoció a su actual compinche, el Chico, que era un empresario con su propio billar y que le había dado la oportunidad de aprender a trabajar con una computadora.

Lo trataba como a un amigo y, con el tiempo, casi sin darse cuenta, se hicieron novios. Ella se había convertido en una mujer alta, delgada, de pelo negro y nariz recta, atractiva a los ojos del Chico. Con el producto de su trabajo podía comprarse algo de ropa, no muy lujosa, pero de buena calidad. Mantenían una relación amorosa, aunque presentía que él estaba más enamorado de ella que a la inversa.

No le gustaba mucho lo que hacía; estafar a los viejitos o a gente que se sentía muy sola no era lo que había soñado. Ella aspiraba a un trabajo modesto, bien remunerado, que le permitiera pagar sus gastos mensuales y, ¿por qué no?, casarse algún día y formar su propia familia. No estaba para nada convencida de su relación con el Chico. Él poseía antecedentes policiales que podrían perjudicarla en un futuro.

El Chico le había propuesto matrimonio. Ella le había pedido un tiempo para pensarlo. Hacía semanas que trataba de evitar esa conversación: definitivamente, no aceptaría la proposición. Es probable que el Chico se disgustara con ella y la despidiera. Temía que se pusiera violento con su rechazo. Ya sabía lo que le había hecho a su antigua novia, que también rechazó casarse con él. La pobre había ido a parar a un hospital, muy golpeada.

Pero ella guardaba un as bajo la manga: conocía bien su negocio y, si la presionaba, podría acudir a la justicia o a los familiares de Claudio y de otros clientes para desenmascarar la operación. Había llegado a estimar a ese viejito cariñoso y no se sentía en absoluto feliz esquilmándolo. Debía encontrar alguna salida a su encrucijada.

XIX. Viaje a la ciudad

—Señora, señora —exclamó Ana—, su papá se ha pasado todo el día sentado en la computadora. A regañadientes logré que viniera a almorzar. No quiere que entre ni para llevarle agua. Cuando logro echar un vistazo, en la pantalla veo una mujer y, de pronto, se pone negra. No sé qué hace, porque no alcancé a ver de qué se trata.

—Gracias, Ana, tú mantente alerta ante cualquier cosa sospechosa.

La hija se dirigió hacia la habitación del papá y le dice:

—Mañana voy a la ciudad. ¿Quieres ir conmigo o te traigo algún encargo?

—¿Mañana? Siempre me avisas con apuro. Sí quiero ir.

—Salimos a las nueve, trata de estar listo, porque debo atender una lista larga de recados. Si te retrasas, solo consigo terminar la mitad. ¿Necesitas hacer algo en particular?

—No, nada, salir un rato, cambiar de ambiente.

—Muy bien.

Aprovechó para mostrarle a su hija la carta del nigeriano sobre la herencia de los cinco millones. Ella la leyó y se asustó del contenido.

—Ni se te ocurra enviarle a nadie tus claves, ni tus números de cuentas: son estafadores.

—No iba a hacerlo, nada más quería mostrarte la carta que he recibido.

En cuanto la hija sale de la habitación, él se apresura, y busca la clave de su caja fuerte, que tiene anotada en varias partes. La teclea, asegurándose de que no haya nadie cerca. Saca un sobre, donde guarda algo de dinero, y la chequera, y los mete en un maletín de mano para su encargo del día siguiente. Cierra la caja fuerte, se sienta y anota con mano temblorosa la dirección de Rosa María y la cantidad al lado. Mañana habrá de ingeniárselas para aprovechar algún descuido de su hija y mandarle el dinero a su amor. Cuando hace estas cosas, debe andar con mucho cuidado. La última vez se llevó un disgusto muy fuerte cuando la hija lo cuestionó por un faltante grande que había en el sobre donde guardaba su efectivo. Por más que trató de convencerla de que él no les mandaba dinero a sus amigas, quedó la duda. Su hija no tenía por qué meterse en sus asuntos, se trataba de su dinero y podía hacer con él lo que quisiera. Ella le razonaba que llegaría el día en que iba a necesitar hasta del último centavo para sus cuidados. Él sabía que Rosa María, Perla o la mexicana lo cuidarían, porque lo querían. El dinero era secundario. Su hija amenazó con llevarlo al psiquiatra si no dejaba de enviar dinero a desconocidos. Y él le había gritado, con disgusto:

—¡Me largo de esta casa, ya estoy aburrido, tanto control!

Así las cosas, al día siguiente, a las nueve, estaba listo, bastón en mano. Incluso se había puesto pañales para evitar cualquier accidente. Cuando le interesaba algo, estaba puntualito sentado en la sala y esperando la salida. Ya había llamado a un *sobrino postizo* para que lo encontrara a la entrada del supermercado y le recibiera el sobre con el dinero y la dirección de su amada.

Su hija condujo sin novedad. Hicieron un par de trámites antes de llegar a buscar las provisiones. Las maniobras para bajar del auto resultaban un espectáculo. Había que parar el auto frente a la entrada del supermercado, abrir la cajuela, sacar la andadera, abrir la puerta del padre, ayudarlo a salir con cuidado de que no se golpeara la cabeza y encaminarlo a la acera, mientras el tráfico que esperaba aquel proceso demostraba su impaciencia en una sinfonía de cláxones que parecía dirigida por un demente. Pitaban y pitaban sin cesar para que se apuraran. De pronto, descubrió a su *sobrino postizo* paradito a la entrada del supermercado, y él se apresuró para ayudar al tío. Su hija se sorprendió al verlo, pero agradeció su ayuda, porque pensó que el encuentro era casual. El padre y su cómplice se quedaron conversando mientras que ella se fue a estacionar el auto. Aquello resultó mejor de lo planificado, les dio tiempo de sobra para hacer el cambalache de dinero y pasar las instrucciones correspondientes.

—Le mandas lo que está en el sobre a esta persona y a esta dirección, hoy mismo. Te cobrarán un porcentaje por el envío. Por la tarde me llamas para darme la contraseña y que avise a la destinataria. Te agradezco mucho tu ayuda. Gracias. Toma, para ti este regalito, para que te compres algo de lotería. Te pido discreción en este asunto, mi hija no debe enterarse de lo que estoy tramando.

Al terminar la conversación, comenzó a buscar con la mirada a su hija, quien ya se acercaba por el largo pasillo. Se despidió del recadero. Quería comprar galletas, vodka, whisky, lotería y pañales, que ya le quedaban pocos.

Este sobrino siempre lo ayudaba cuando lo necesitaba. La última vez que se había ido de casa de su hija, lo llamó para que lo recogiera con sus enseres, su computadora, las maletas y el bastón. Le pidió que lo llevara a un hotel en el centro de la ciudad, que le gustaba mucho porque disponía de casino. Él lo había ayudado a acomodarse en la habitación, que era amplia, pero no había dónde conectar la computadora. Lo acompañó hasta muy tarde. Habían comido en el restaurante de lujo, habían jugado a la ruleta y había conversado largo rato con él. Se desahogó contándole la historia de sus amigas y enamoradas. El paseo había valido la pena, había aprovechado aquella ocasión para mandar un envío a Rosa María. Debería hacerlo más seguido.

XX. Sospechosos

Ya habían regresado de la ciudad. Estaban descansando cuando sonó el teléfono. Claudio estaba esperando la llamada con la referencia del dinero enviado. Nunca se molestaba por contestar el teléfono a menos que fuera algo importante para él, como en este caso. Levantó el auricular al mismo tiempo que su hija lo hacía desde otra extensión.

—¿Aló?

—Aló, tío, ¿tiene lápiz y papel? Aquí le doy el número, 35648. Salió hoy.

—Gracias.

La hija fue al cuarto de su padre a preguntar:

—¿Qué quería el sobrino?

Él contestó mientras se sentaba en la computadora.

—Nada especial, era sobre una receta de medicinas.

—¿Una receta? Qué raro, yo escuché una numeración que parecía exactamente la de una transferencia.

—Estás loca, era un medicamento.

—Espero que no andes enviando dinero a personas que no conoces. Si quieres regalar tu dinero, insisto, hay una larga lista de gente a la que puedes ayudar que son tus familiares. También puedes ayudar al personal doméstico que te sirve y te atiende con tanto gusto.

Claudio, sintiéndose acorralado, optó por el ataque:

—Si me sigues vigilando, me largo de esta casa. Es más, hoy mismo me mudo. ¡Ana, Ana, venga inmediatamente! ¡Bájeme las maletas, que me mudo hoy mismo de esta casa!

Ana apareció corriendo. Estaba nerviosa. Don Claudio era un viejito quejumbroso, pero no violento.

—Diga, don Claudio —apenas si podía respirar, la gorda.

—Mis maletas, traiga mis maletas inmediatamente. Las rojas son mías. Me llama a un taxi para que me lleve a la ciudad. Hoy mismo abandono esta casa.

La hija observaba la escena en silencio. Al entrar Ana, ella salió hacia el otro extremo de la casa. Otra escena más: la última había durado veinticuatro horas. Seguramente esta sería igual. Prefería retirarse porque el padre se exaltaba y le faltaba la respiración. Es probable que usara esa técnica para deshacerse de ella lo antes posible. Ahí estaría Ana, obedeciendo a medias sus instrucciones. Ya estaba acostumbrada a buscar las maletas rojas y pasar un par de horas doblando y desdoblando ropa para volver a ponerla después nuevamente en su lugar.

Don Claudio daba brinquitos por la habitación sacando pantalones y camisas de los percheros. Sacaba zapatos, ropa interior, pañales, correas, jabonera, colonia, pasta de dientes. Ana ya conocía el proceso. Después de que estuviera todo fuera de su lugar, entonces comenzaría a relajarse.

—Don Claudio, no se ponga así, lo único que quiere su hija es protegerlo. Cálmese, que le va a dar un ataque al corazón.

Él continuaba como si no la escuchara.

—Me tiene aburrido esta mujercita. Hoy mismo me largo y alquilo un apartamento.

De pronto se detenía y miraba el equipo de computación. Entonces venían las consideraciones importantes: «Si me voy, ¿quién me va a arreglar la computadora cuando se dañe? Seguro que mi yerno no querrá ir al apartamento. Mi hija se lo va a prohibir. Bueno, siempre puedo llamar a un técnico que repare el equipo. Por otro lado, me da un poco de susto dormir solo. Pueden entrar a robar».

—Ana, ¿se iría usted a vivir conmigo? Yo le pagaría lo mismo que le paga mi hija.

—Don Claudio, seguro que me voy con usted. Usted es mi familia.

Ella recordó cómo había llegado a trabajar a casa de don Claudio. Su marido, del que se había separado, era un militar retirado. Estaba desesperada por la situación económica en su país natal, y con dos bocas que alimentar, cuando le surgió la posibilidad de cambiar de país. Los organizadores del traslado le garantizaban empleo al llegar a su nuevo destino y le dejarían pagar el pasaje poco a poco. Tomar la decisión y volar fueron casi instantáneos. Empacó un par de mudas, encargó sus hijas a los parientes y cerró los ojos, encomendándose a la voluntad de Dios.

Al llegar, la instalaron junto con otras mujeres en una casa en las afueras de la ciudad. El encargado recogió sus pasaportes con la promesa de entregarlos una vez que pasaran el trámite migratorio del país que las acogía. Les asignaron unas camas para que se acomodaran. Ellas iban con el entusiasmo de un porvenir más halagüeño. Lo más importante era ganar dinero para mandar a buscar a sus hijas. Confiaba en que pronto estarían juntas de nuevo.

No quería seguir acordándose de esa época, habían sido los días más negros de su existencia.

—Ana, no se quede ahí pensando en el vacío, ayúdeme a empacar.

—Sí, sí, ya voy.

Ana se puso manos a la obra y comenzó a doblar la ropa que sabía que en unas horas estaría volviendo a planchar.

Al cabo de un rato, la rabieta fue bajando de tenor. El viejito decidió hacer una huelga de hambre hasta que le permitieran irse a un apartamento a vivir solo. A la hora del té no quiso ir a la mesa, como de costumbre. Ana le llevó, por instrucciones de la hija, una bandeja con la comida. Había que cuidarle los niveles de azúcar. Claudio se comió todo lo que le llevaron y Ana volvió a desempacar las maletas rojas.

XXI. Cuidando los intereses de Claudio

La hija estaba realmente preocupada por el ritmo de los acontecimientos. Su padre no atendía a razones. El ropero de don Claudio volvió a la normalidad y las maletas reposaban en la parte superior del armario. Ella había quedado muy pensativa, y le preguntó a su marido:

—¿Habrá alguna posibilidad de vigilar la correspondencia de mi papá? Sé que no es correcto, pero imagino que es lo mismo que con los niños pequeños: hay que vigilar en qué andan para evitar malas compañías, malos pasos. La ley dice que podemos hacerlo para protegerlos. Los mayores son como niños, muy inocentes. Con la desesperación de la soledad, son capaces de caer en redes mezquinas que los extorsionen. Mira cuánto niño cae en manos de viciosos, los engañan, los hacen pensar que son sus amigos y luego los manipulan sin piedad. Esto de la tecnología es una maravilla cuando se usa para el bien, pero si la usan para hacer maldades, es terrible.

El marido escuchaba atentamente. No era la primera vez que analizaban esa situación. Sospechaban que las cantidades que el suegro estaba derrochando eran grandes. Recibía jugosos ingresos por su retiro bien merecido, y lo estaban estafando. Se resistía a vigilar las conversaciones de don Claudio, pero ni modo: su mujer no lo iba a dejar tranquilo hasta que lo hiciera.

—Está bien, lo haré. Esta noche veremos en qué anda. Ayer me estuvo mostrando otro correo que recibió de una lotería americana. Dice que le enviaron un cheque por 500 000 dólares. Me mostró el correo. Le expliqué que no era un cheque de verdad, que era solo un gancho para que él se metiera a jugar lotería por computadora. Insistió en que el cheque era verdadero y que venía a su nombre. Le pregunté de qué banco era..., por ningún lado aparecía el banco. Estuve un buen rato para mostrarle en qué consistía la lotería esa. No quedó convencido. Les escribirá mañana para que le manden el dinero. Dice que si no lo hacen, llevará el tema a su abogado.

XXII. Los espías

A medianoche, cuando ya solo se escuchaban los búhos con su monótono cantar y las luciérnagas brillaban afuera, se pusieron en acción. Entrarían a la vida privada de Claudio para ver por qué pasaba tantas horas frente al equipo. Como el yerno era el que le arreglaba los desperfectos a su computadora, se sabía su clave de ingreso a los programas de chats. Afortunadamente, Claudio no se había dado cuenta de que todas sus conversaciones quedaban guardadas. Se metieron en su intimidad para conocer contra quién habrían de luchar para protegerlo.

«A ver, aquí está. Las conversaciones permanecen grabadas si no se borran. Veamos esta»:

> *Rosa María: Hola, mi angelito consentido.*
> *Claudio: Hola, mi amor. Estaba desesperado por hablar contigo. Dame un beso.*
> *Rosa María: Mua. Uno grande para ti.*
> *Claudio: ¿Me amas?*
> *Rosa María: Eres bueno conmigo. Eres muy buen amigo.*
> *Claudio: ¿Me amas?*

Rosa María: Eres bueno conmigo.

Claudio: Quiero que vengas a vivir conmigo. Te pondré un apartamento.

Tendremos hijos, seremos felices. Si no los podemos tener, podemos adoptarlos.

Rosa María: Eres muy lindo. Eres mi mejor amigo. Recuerda que tengo novio.

Claudio: Estás perdiendo el tiempo con ese novio. Ya me puse de mal humor, mejor no seguimos hablando. Hoy deposité el dinero que te prometí. Mañana te mando por correo electrónico el número de la transferencia.

Rosa María: Eres mi mejor amigo. Hasta mañana. Un besito y gracias.

Claudio: Dame otro beso de despedida. Soñaré contigo toda la noche. Eres hermosa, tus pechos…, quiero abrazarte. Mándame más fotos.

Rosa María: Sí, lo haré. Hasta mañana, otro besito. Mua.

La hija y su marido no podían creer lo que leían.

—Él ronda los noventa años, qué hijos ni qué hijos; ha perdido la razón —dijo ella.

—No le digas nada —aconsejó el marido—, ya se le pasará, es una ilusión. Te sale más barata esta mujer, o estafador, o lo que sea, que el psiquiatra.

—Sal ya de su correspondencia —le dijo ella—. Esto nos sirve para tratar de manejar las cosas con más cautela. Ya sabemos por dónde anda la cosa. No lo puedo creer. Debe de haber una red extorsionando a los adultos mayores. ¿Habrá forma de encontrar a esa mafia? ¿Y si les manda algún documento y se casa sin decirnos nada? ¿Y si les da la clave de su tarjeta? ¿Y si lo secuestran y si…?

—Duérmete, ya es tarde.

XXIII. Claudio hospitalizado

Esa mañana, la rutina era la misma: levantarse al salir el sol, lavarse e ir a desayunar. La hora en que normalmente Claudio aparecía ya había pasado. Su hija, extrañada, pidió:

—Ana, por favor, vaya a ver si don Claudio ya se levantó para que venga a desayunar.

Ella se dirigió a la habitación y tocó suavemente a la puerta para no sorprender ni ser sorprendida. Miró la cama de don Claudio y ahí estaba él, sin levantarse.

—Don Claudio, buenos días. ¿Cómo amaneció? ¿Y ese milagro de que no esté en pie aún? Ni siquiera ha corrido las cortinas. ¿Va a desayunar? Su hija pregunta por usted.

Se hizo un silencio.

—Don Claudio, ¿está usted bien?

Solo alcanzaba a verle los ojos. Parecía asustado. Con voz muy débil, le dijo:

—No sé qué me pasa, no puedo sentarme.

—Vamos, debe de estar un poco entumecido, yo le ayudo.

Ana usaba su cuerpo para levantarlo, pero él parecía más pesado que nunca.

—A ver, un impulso más. Ya verá que no es nada.

Al notar que él no lo lograba, ni siquiera con su ayuda, dijo:

—Llamaré a su hija.

—No, déjala que desayune tranquila; que venga después.

Ana salió preocupada de la habitación y le comunicó a su patrona:

—No puede sentarse, señora, algo le pasa. Dice que el cuerpo no le obedece.

La hija se levantó inmediatamente e hizo llamar al jardinero, bastante más fuerte que ellas (su marido ya se había ido a la ciudad). Entre los tres lograron sentarlo. Decidió que lo llevaría al hospital más cercano.

—Tráigale el desayuno a la cama mientras coordino todo.

A los pocos minutos, regresó a la habitación y encontró a Ana ayudándolo a sentarse frente al computador.

La hija se puso verde; después de tanto esfuerzo que habían hecho entre tres personas para acomodarlo en la cama, él sacaba fuerzas para ir a la computadora. Se disgustó ante esa escena tragicómica, y lo increpó:

—¿Cómo es posible que no puedas ni incorporarte en la cama, pero sí llegues a la computadora?

Él hacía caso omiso, debía enviar un mensaje urgente a su amada. Estaba prácticamente martillando el teclado de la computadora para escribir a duras penas un mensaje electrónico.

Nuevo
Para: Rosa María
De: Claudio
Estoy uuun ppoo enf rmo. Despes te ,Claud.

Estaba haciendo un esfuerzo sobrehumano para enviar su mensaje. La hija, sofocada, repetía:

—Realmente, papá, eres un caso. No puedes ni moverte pero sí sacas fuerza para esos estafadores. —Se volteó hacia los otros—. Vamos, ayúdenme a subirlo al auto.

Entre los tres pujando, ya que era casi un peso muerto, lo acomodaron en el asiento delantero del carro. Le ajustaron el cinturón de seguridad y partieron rápidamente hacia el hospital. En el camino, Claudio iba murmurando débilmente.

—Ya este es mi final.

Se deslizaba en el asiento hacia un lado, a pesar del cinturón. No controlaba su cuerpo.

XXIV. Ana

Al llegar al hospital, lo subieron a la camilla entre cuatro personas y lo llevaron rápidamente a urgencias. Se personaron varios colegas de distintas especialidades. Diagnóstico: coma diabético. Tenían que compensarlo; sacarlo de la crisis. Estaba a un paso de la muerte. Lo entubaron, le pusieron oxígeno.

Claudio quedó hospitalizado. Ana, su fiel servidora, por la impresión, quedó también hospitalizada esa noche, en otro centro de salud. Con el susto y el esfuerzo se le subió la presión y se puso muy mal.

La situación no se vislumbraba fácil. Los médicos habían recomendado a la hija que dispusiera un equipo de enfermeros en casa para ayudar al paciente cuando saliera del hospital, si es que mejoraba.

Ana no sería parte del equipo, por lo menos durante unos días, porque ella estaba más para ser atendida que para atender a nadie.

Al segundo día de estar hospitalizado, él quería regresar a su casa, tenía cosas que hacer. Pedía con insistencia su maletín, había una carta en su interior que era para enviar a una amiga. Las enfermeras lo miraban con curiosidad. Algunas de ellas habían sido compañeras de trabajo. Cuando ellas comenzaban su carrera, él estaba casi de retirada, pero igualmente lo conocieron y respetaron por su ética y profesionalidad.

Ana, aquella noche, sola en el centro de salud, recordaba cómo la habían engañado trayéndola al país con promesas de trabajo. En realidad, las habían llevado a un burdel. Ella no quería ser prostituta. Era pobre, pero no puta. Había sido mujer de un solo hombre y, aunque ya no viviera con él, no estaba entre sus proyectos echarse otros encima. Ella quería un trabajo honesto. Cuando se enteró de que estaba en un burdel, maquinó un plan para escaparse. A la mañana siguiente de aquel terrible viaje, madrugó y se fue de allí sin documentos ni ropa. Salió en camisón; pidió auxilio a la primera persona que pasó, que la llevó a la casa de la hija de don Claudio, donde había una vacante de cocinera. Allí había trabajado desde entonces. Con el tiempo, había logrado mandar a buscar a sus hijas. Las había matriculado en la escuela local, donde habían estudiado y se habían graduado de secundaria. Actualmente, ya eran mujeres hechas y derechas. Ella tenía mucho que agradecerle a la vida y a esa familia que la había acogido.

«Mañana, cuando salga del centro de salud, iré al hospital a visitar a don Claudio» pensaba Ana. «Le llevaré cositas para comer, él es muy goloso. Estará pasando hambre en ese lugar».

XXV. Visita al enfermo

Las horas de visita en los hospitales siempre causan molestia. Uno quisiera llegar y entrar a ver a su paciente sin tanto trámite. Claudio no estaba en un hospital privado, sino en uno público, y allí las reglas son las reglas. Ahí estuvo la pobre Ana, convaleciente, esperando su turno después de que varios parientes fueran a visitarlo. Llegó desfallecida al tercer piso. Los elevadores del complejo hospitalario no funcionaban. Cuando, por fin, entró en la habitación, dijo alegremente:

—Ahí está, ahí está, mira qué bien se ve. Tiene mejor semblante. Aquí le traje unos jugos, frutas, uvas y galletas. Mire usted, que es tan goloso, no pase hambre, ya ve que la comida de los hospitales es muy mala.

Claudio, muy débil, la miraba incrédulo.

—Gracias, pero lléveselo de vuelta, estoy a dieta, nada de azúcar. Me han prohibido todo eso.

Le habían puesto una intravenosa en el brazo. Había otros pacientes en la habitación, muy graves. Claudio le hacía gestos con la mano para que bajara la voz. Había que guardar silencio. Le habían ofrecido un cuarto privado, pero él prefería estar cerca de otros pacientes, así se sentía mejor atendido. Cada vez que entraba un auxiliar de enfermería o una enfermera, él pedía lo que fuera necesitando.

Desde esa habitación compartida podía apreciar el mar, el horizonte, las puestas de sol, veía a los barcos entrar y salir de la bahía. A la salida de su cuarto estaban el mostrador de enfermería y de los doctores, y él los miraba mientras circulaban constantemente, asistiendo a los enfermos. Escuchaba los cuentos que traían y llevaban de sala en sala. Se enteraba de quién se salvaría y quién estaba con sus días contados. Veía a las visitas despistadas preguntar dónde podrían encontrar a tal o cual paciente. El público se perdía por esas enormes salas. Podía ver a los vendedores ambulantes ofrecer desde papas fritas y chocolates hasta lotería. Desafortunadamente, al llegar al hospital le confiscaron el periódico y su *walkman*. Le ordenaron reposo absoluto. Él pensó que estaría rodeado por sus juguetes en el cuarto de cuidados intensivos. Ahora solo se podía entretener con aquel mostrador que estaba a la salida de la habitación.

Compartía el cuarto con otros cinco pacientes. Desde su cama, observaba a uno y a otro. Por su experiencia, podía deducir quién estaba en las últimas. La mayoría eran pacientes graves. Al pie de aquellas camas, algunos parientes los acompañaban para facilitarles la vida y ayudar al personal de turno. Esos parientes se veían agotados, dormitaban sentados en aquellas sillas chuecas toda la noche tratando de brindar algún confort a su moribundo. Había en la primera cama un señor que llevaba más de seis meses postrado. No tenía a nadie. No lo visitaban. Dependía completamente de la ayuda que algún auxiliar le prestara. No podía caminar. Una de las cosas que más asustaba a Claudio era quedar en una silla de ruedas y depender de otras personas para comer, para seguir viviendo. Miraba a sus compañeros de cuarto y, definitivamente, él no se encontraba tan mal.

Debía salir del hospital cuanto antes.

Fuera de aquel cuarto, sus parientes conversaban sobre su estado de salud. Las cosas no se veían nada bien. Lo mantendrían cinco días más bajo observación.

Los días se fueron deslizando sin mayor novedad. La hija lo visitaba durante el almuerzo, le llevaba pijamas limpios, toallas, medias, todo lo necesario, hasta que le dieron de alta en el hospital. Se fue con un fajo de recetas en la mano. No se podría decir que saliera como nuevo, pero sí bastante recuperado. En el camino de regreso a casa, la hija aprovechó para leerle la cartilla: no pasaría tanto tiempo sentado frente a la computadora, haría más ejercicio, seguiría una dieta balanceada, no enviaría ni un centavo a gente que no conociera personalmente, tomaría sus medicamentos. Iban a contratar más personal para su cuidado. Si no respetaba las reglas del juego, lamentaba decirle que no viviría más con ella.

Él le replicó que, sin la computadora, mejor se moría; él no mandaba dinero a nadie, y tomaría las medicinas. Estaba muy dócil; mejor dicho, asustado: había visto a la muerte muy cerca.

Ana ya había regresado a trabajar después del susto que se llevó con don Claudio. Solo la retuvieron bajo observación unas horas en el centro de salud para controlarle la presión.

XXVI. Rosa María preocupada

Durante esos días de ausencia de Claudio en internet, Rosa María le había reportado al Chico que su cliente favorito no se estaba conectando como usualmente lo hacía. En su hoja de reporte escribía: «Cliente Claudio ausente, sin comunicación, su último mensaje mencionaba que estaba enfermo».

El Chico no le creía, y le ordenó:

—Tú sabes dónde vive, date una vuelta por su casa, trata de hablar con el servicio doméstico, a ver qué está sucediendo realmente. Quiero un reporte minucioso, es un cliente muy rentable y no lo podemos perder así como así.

A Rosa María sí le interesaba conocer el estado de salud de Claudio, aunque por razones muy distintas a las del Chico. Así que decidió seguir las instrucciones al pie de la letra y se dirigió hacia su casa. Tocaría a la puerta solicitando un empleo; ahí conversaría con quien abriera, a ver qué noticias sacaba en claro.

Llegó al mediodía. Estuvo vigilando desde la esquina para ver qué movimientos se veían en aquella casa. No había autos estacionados en el garaje. Se llenó de valor y decidió tocar una campanita que estaba a un costado de la entrada. Era una casa muy bonita, pintada de blanco, rodeada de flores y árboles. Era la primera vez que se acercaba a aquel lugar. A los pocos minutos, apareció la que ella imaginaba que podría ser Ana, la mucama, a la que Claudio mencionaba en sus conversaciones.

—Buenas tardes, señora. Estoy buscando empleo por estos lados. ¿Usted cree que aquí pueda haber una vacante?

Ana miró a aquella joven delgada, de pelo lacio y negro. Se veía muy decente. A la patrona le haría falta alguna ayuda cuando regresara don Claudio.

—Mire, señorita, podría ser. Don Claudio, el papá de mi patrona, ha estado muy grave, hospitalizado; quizá se necesiten un par de manos más para ayudar a atenderlo. Venga mañana temprano, cuando esté la dueña en la casa. Podrá conversar personalmente con ella.

—¿Grave? ¿Y qué le pasó al señor?

—No me han dicho de qué sufre, pero yo pienso que debe de ser mal de amores. Tiene muchas amigas por ese sistema de internet, por computadora. Usted sabe, de esa gente que se pasa las horas muertas frente al equipo, gente sin oficio ni beneficio, pero, para qué le cuento, venga mañana y hable con la patrona.

—Gracias, es usted muy amable. Mi nombre es Rosa. Estaré aquí a primera hora.

Rosa María regresó a su trabajo para reportarse con el Chico y contarle lo que acababa de saber. Claro, omitió que en aquella casa necesitaban ayuda doméstica. Ahora el Chico poseía información de primera mano sobre uno de los clientes más rentables.

XXVII. Reinstalándose en casa

Al regresar don Claudio a casa aquella tarde, se lo veía feliz. Lo estaban esperando el jardinero, Ana, su yerno y su computadora. Lo acomodaron en una cama especial para personas enfermas, automática. Subía y bajaba la altura con un control remoto, movía el respaldar y la parte de los pies con otros botones. Esa cama la había heredado de su difunta esposa. Ella personalmente la había comprado y adecuado a sus necesidades durante una larga enfermedad. Unos días antes de caer hospitalizado, Claudio había puesto media docena de clavos en la pared a medio metro sobre la altura de la cama. En esos clavos había colocado tres juegos de audífonos, una campana y una linterna. Cada juego de audífonos, según explicó en aquella oportunidad, servía para un propósito diferente. Unos los usaba con la radio en la mañana, otro juego era para escuchar la televisión y el otro para conectar a la computadora. Dejaba la linterna a mano por si se le presentaba una emergencia durante la noche. La campana la quería para llamar en caso de necesitar ayuda. Subía y bajaba la cama como si estuviera en los juegos mecánicos de alguna feria de pueblo.

Lo primero que hizo al llegar fue buscar su maletín y verificar si todavía estaban el sobre que le pensaba poner a Rosa María en el correo y sus cartas de amor. Todo parecía en el orden en que lo había dejado. Leyó en voz baja un poema:

La vereda
Si supieras cuánto he caminado
en este mundo.
Si supieras lo agradable
que es vivir.
Años han pasado
y sigo caminando
buscando el porvenir.

Si supieras
cuánto extraño tus veredas,
¿es acaso que no saben que mis
pasos me guiaron por tu sendero?
Sigo caminando, ¿y es que mis pisadas
no te han revelado mi cariño
y mis ansias de vivir?

Oh, vereda,
no abandones mi silueta,
no permitas que me vaya sin volver.
Acuérdate, vereda, que camino eres
y te has transformado en cómplice,
amigo de todo mi existir.

Después de verificar cada papel, guardó el sobre en la caja fuerte. Lo ayudaron a subir a su cama, y ahí comenzó a relajarse.

Ana puso a la patrona en antecedentes sobre la visita que había recibido. Le informó de que la mujer que buscaba trabajo se veía muy bien y parecía necesitarlo mucho.

—Quedó en regresar mañana para hablar con usted.

—Perfecto —contestó—. En cuanto llegue, la haces pasar. Ojalá venga temprano; pienso salir lo antes posible.

XXVIII. Amigas de la hija

Tras dejar instalado a su padre, la hija de don Claudio decidió ir a un cóctel que ofrecían unas amigas. Necesitaba sacarse el estrés de encima. Si no se moría su padre, moriría ella de seguir con ese ritmo. Coincidió con varias amigas de confianza; aprovechó para comentar lo preocupada que estaba con la ilusión de su padre por las novias sacadas de internet. Para su sorpresa, la que estaba sentada a su derecha soltó una carcajada y exclamó:

—¡No me digas que él también ha caído en la red de estafadores! Hay varios en ese mismo plan.

Otras amigas que estaban escuchando la conversación sonreían maliciosamente, porque estaban al tanto de otros casos parecidos.

—¿Habrá algo que podamos hacer al respecto? ¿Podremos desenmascarar a estos maleantes? —preguntó.

—Bueno, lo menos que podemos hacer es intentarlo, porque le están sacando un dineral a muchos hombres y mujeres con ese cuento de amistad por internet.

Otra contó que su abuelita era extorsionada por teléfono. El método que usaban era la publicidad de ventas por televisión. Salían anuncios de productos, como pastillas para adelgazar, para rejuvenecer, zapatillas que te hacen ver más alto, artículos de cocina que se supone hacen maravillas con los tomates y cebollas, y la abuelita era una compradora compulsiva, víctima de esos anuncios. Diariamente, agarraba el teléfono y llamaba para conseguir las ofertas. Su cuarto estaba lleno de cosas que ni siquiera sacaba de las cajas en que le llegaban, ya fuera por correo o por mensajero. Durante la compra, la vendedora o el vendedor, al otro extremo de la línea telefónica, le daba conversación y le hacía sentir la impresión de pasar unos minutos acompañada de alguien que la estimaba. Estaban entrenados para escuchar las inquietudes de la abuela y sus quejas de abandono familiar, conversaban largos minutos y ella terminaba comprando el artículo de ese amigo telefónico que sí comprendía la soledad que ella sentía.

—Estoy desesperada —confesó Silvia—. Y, para colmo, me toca soportar las impertinencias de los cuñados dando recomendaciones, aunque ellos ni siquiera la van a visitar. Silvia, haz esto; Silvia, por qué no haces aquello. En fin, ya les dije que si siguen dando instrucciones, se hagan cargo ellos del problema.

—Te comprendo perfectamente, parece que todas pasamos por algo similar. Yo conozco a un especialista, en realidad es un detective, que podría comenzar a hacer las investigaciones —propuso Margarita—. Tengo entendido que hay formas de seguirles la pista; solo necesitamos una computadora por medio de la cual se comuniquen y así podríamos encontrarlos. Hagamos una reunión especialmente para tratar el tema. Fijaos, aquí solamente, entre nosotras, ya han salido a relucir varios casos, y sé de otras que están pasando por el mismo problema. Los hombres y mujeres, especialmente los viudos, de la tercera edad, se están enamorando perdidamente de estos amigos cibernéticos y viviendo de ilusiones alimentadas por mentiras.

—Coordinemos la reunión para la semana entrante. Acabemos con ellos. Debemos hacer algo. Juegan con los sentimientos de la gente y le sacan dinero.

—Muy bien, lo haremos. Yo te llamo —asintió Silvia.

Pasaron unos días y volvieron a reunirse. Decidieron contratar entre varias a un joven detective llamado José para llevar a cabo el trabajo. Le pagarían entre todas. Ya una de las amigas había usado los servicios de aquella oficina y le había dado muy buenos resultados. Lo importante era localizar a esos estafadores y meterlos presos.

XXIX. Chico entrevistando a José

Después de que Rosa María le expuso al Chico la situación real de su cliente Claudio, se fue a su computadora. Estaba triste por la noticia de su estado físico. Les contó a Perla y Panchita lo que había sucedido, pero ellas solo se encogieron de hombros, en gesto de indiferencia. Ellas no lo conocían tan bien. El Chico solo pensaba en que, si se moría aquel viejo, sufriría una merma en sus ingresos. Tendría que enfocarse en su segundo prospecto más productivo.

Rosa María miraba con más desprecio lo ruin que podía ser el Chico y no alcanzaba a comprender lo frías que podían ser Perla y Panchita.

El Chico se fue al billar, donde sostuvo una discusión con el cantinero. Luego le hizo una pequeña entrevista a un joven colombiano, llamado José, que lo había estado esperando. Estuvo conversando un rato con el joven y, a los pocos minutos, lo contrató para comenzar el entrenamiento al día siguiente, aunque lo dejó un rato para que fuera familiarizándose con la oficina. Además del suyo, había aún un escritorio y una computadora disponibles. Cada nuevo operario significaba más *money, money* para él, y necesitaba subir sus ingresos, sobre todo ahora, que se le estaba muriendo el vejete Claudio. Debía conseguir que las computadoras produjeran a plena capacidad. A ese paso, pronto podría casarse con Rosa María. Él la quería. Presentía que era una mujer buena, y que él no se la merecía. No resultaba fácil encontrar mujeres así. No era tan sumisa como a él le hubiera gustado, sino un poco rebelde, pero era atractiva y estaba siempre a mano cuando necesitaba desahogar sus deseos carnales. Desde que la conoció, había dejado de visitar los burdeles del barrio. Estaba nervioso; se había enamorado de esa flaca. Había notado a Rosa María algo distante los últimos días, pero ya se contentaría cuando le pusiera fecha al casorio. No había mujer, según su criterio, que se resistiera a un anillo de compromiso, y ya le había echado el ojo a uno en la casa de empeño de la esquina.

Rosa María miró a José de reojo y le pareció que era muy joven para ese tipo de trabajo. Se necesitaba mucha discreción; la juventud generalmente es muy parlanchina, pensaba. Decidió no meterse en lo que no le incumbía; era problema del Chico a quién contratara.

Ella tenía problemas mayores en su cabeza. Había estado pensando seriamente en romper con su pareja, y entonces debería dejar el empleo. No podría continuar trabajando para él después de la ruptura. Una cosa estaba ligada a la otra. Ahora se le había presentado la oportunidad de conseguir algo mejor, podría trabajar en la casa de don Claudio. Definitivamente, con él alcanzaría mejor calidad de vida. De lo que sí estaba segura era de que no se casaría con el Chico, y estaba temiendo que él le iba a pedir pronto que se decidiera. Prefería quedarse para vestir santos. Al día siguiente iría a entrevistarse con la dueña de la casa y, si le daba el empleo, sería el momento que estaba esperando para cambiar de vida.

Se sentó frente a su computadora y, para su sorpresa, Claudio estaba conectado. Se puso feliz de saber que había regresado a su casa. Entró a saludarlo.

Rosa María: ¿Cómo está mi angelito consentido? ¿Ya no me quiere? Hace días que ni los buenos días me da.

Claudio: No digas eso, mi amor. Lo único que he hecho este tiempo ha sido pensar en ti. He estado hospitalizado. Te mandé un mensaje poco antes de salir con urgencia para el hospital. ¿Lo recibiste?

Rosa María: No, no he recibido ese mensaje. Cuéntame cómo te sientes. ¿Qué dicen los médicos? ¿Estás ya totalmente recuperado?

Claudio: Me siento mejor ahora, que estoy hablando contigo. Lo único que quería era mandarte un sobre que tengo guardado en mi caja fuerte. En cuanto venga mi sobrino hago que te lo ponga por correo. Ahí encontrarás una nota con instrucciones en caso de que yo muera, y te dejo un dinero para que puedas salir adelante.

Rosa María: Gracias, mi angelito, pero no era necesario. Yo me las arreglo, no te preocupes.

Rosa María sintió que José, el nuevo empleado, se acercaba a ver qué estaba escribiendo, y se molestó por lo indiscreto que era el joven.

Rosa María: Claudio, te dejo. Me llama mi jefe. Un beso.
Claudio: Te amo.

Rosa María se voltea y le dice a José:
—Joven, ¿no le han enseñado que uno no espía a los otros? Ocúpese de sus asuntos y busque sus propios clientes.

—Perdona, ya me voy, mañana comienzo a trabajar acá —le dijo él, en tono de disculpa.

José, intimidado, se fue a conversar con las otras futuras compañeras de trabajo.

XXX. El detective

Las amigas se reunieron para decidir qué medidas adoptar frente al serio problema que estaban encarando con sus familiares y los amores por internet. El detective era un joven muy apuesto. Era alto, de pelo negro, nariz recta, labios gruesos, sonrisa sensual. Vestía con buen gusto. Era de nacionalidad colombiana y se había radicado en el país hacía muchos años. Sabía mucho de informática, y su especialidad era perseguir crímenes cibernéticos. Tenía mucho trabajo: padres preocupados por que sus hijos fueran molestados por delincuentes y pedófilos que se metían en las comunicaciones de los niños, mujeres que querían saber por qué sus maridos pasaban más tiempo sentados frente a las computadoras que con ellas y empresarios que le seguían la pista a fugas de información en sus compañías.

El grupo de señoras lo había citado para exponer sus problemas. El tema era delicado. Por un lado, temían que si los viejitos seguían siendo extorsionados, pudieran perder hasta la camisa y, por el otro, si les quitaban la ilusión de esos amores podrían morir de tristeza. Había casos que ya estaban tomando otros matices, como maridos hablando de divorcio por las mujeres despampanantes que conocían en internet, o mujeres chantajeadas por infidelidades ocasionales, y cosas por el estilo. José tomaba nota de todos los casos, los estudiaría y se comunicaría con ellas. Él ya había echado un plan a andar. José estaba tras la pista de una organización delictiva que quizá guardaba relación con alguna de los extorsionados que le habían mencionado ese día.

XXXI. Rosa María

Al día siguiente, Rosa María se levantó con entusiasmo. La esperanza de un futuro mejor la llenaba de optimismo. Recordó a sus padres y hermanos. Rezó un Ave María, pidiéndole a la virgencita que interviniera en su favor. Decidió que era tiempo de cambiar de trabajo. Iría a buscar empleo a casa de Claudio. Ella tenía mucha experiencia en casas, así que probablemente la contratarían. Todavía guardaba celosamente la carta de referencias de un empleador anterior, por si se la pedían. Si le daban el trabajo, comenzaría en una semana. Eso le daría tiempo para finiquitar los asuntos con el Chico. Total, el Chico ya había conseguido un colaborador nuevo y ella no le haría mayor falta. La lista de sus clientes se la darían a José, y el negocio seguiría como si nada. Nadie era indispensable. Eso fue algo que aprendió desde muy pequeña. Se iría a trabajar con don Claudio y trataría de resarcir, de alguna manera, el daño que le había causado a ese viejito. Los otros clientes no le importaban en absoluto, eran viejos verdes aprovechados con mentes sucias y siempre pensando en el sexo. Claudio era distinto: de besitos y cariños no pasaba. Si entraba a trabajar con su familia, lo protegería de Perla, Panchita, José y, sobre todo, del Chico. Ella quería a Claudio como al abuelito que nunca conoció. Se puso nostálgica y comenzó a recordar su infancia. Con la ayuda que ella les daba a sus padres, ellos habían podido mudarse a una casita y habían dejado de recoger periódicos en las madrugadas. Si lograba el trabajo en casa de Claudio, podría continuar ayudándolos.

Ya estaba cerca de la casa. Había dos autos en el garaje, estaba de suerte. Seguramente encontraría a la dueña. Tocó la campana que estaba cerca de la puerta de madera y al rato salió la misma señora del día anterior.

—Ay, niña, qué bueno que llegó. Ya hablé con la patrona y está necesitando a alguien con urgencia para atender solamente a don Claudio, que ha regresado muy débil del hospital. A mí no me daría tiempo para ocuparme de él y del resto del quehacer. Entre, venga conmigo.

La condujo hasta la cocina, donde le ofreció una silla y se fue a buscar a la dueña.

—Estamos de suerte, señora, ya llegó la joven que le mencioné ayer. Vino tempranito, como prometió; eso habla bien de ella.

—Voy a verla en un segundo.

Ana se dirigió a la cocina para esperar a la patrona.

—Yo soy Ana, para servirle.

Al rato, apareció la patrona, con un vestido beis y zapatos y bolso de cuero. Antes que apareciera físicamente, primero sintieron cómo su perfume invadía la cocina. Estaba algo apurada, según manifestó, iba a una reunión muy importante. Después de conversar un rato con Rosa, la contrató. Le pareció muy educada y con mucha experiencia, que necesitarían para el cuidado de su padre. Rosa quedó en empezar a principios de mes. Faltaban cinco días.

Tendría que apresurar las cosas con el Chico y despedirse de algunos clientes. No, solo se despediría de Claudio. José podría atender a los demás. ¿Cómo haría para no romperle el corazón? Podría consolarlo en persona, ahora que entraría a trabajar con él: ya sabía qué cosas le gustaban y cuáles le molestaban, podría ayudarlo mucho en su convalecencia de un amor perdido.

Salió feliz de aquella casa. Había una oportunidad para ella de retomar un mejor camino.

Cuando llegó al billar, el Chico la estaba esperando con cara de pocos amigos.

—Que seas mi novia no te da derecho a llegar tarde. Ya todos están trabajando, incluso José, el chico nuevo. Perla está hablando en este momento con tu cliente Claudio.

A Rosa María no le gustó escuchar esto, pues pensó que quizá ella intentase sacarle más dinero, pero no dijo nada y se apresuró a encender su computadora y poner en orden sus ideas.

Perla: Me alegro de que esté tan mejorado de salud. Quería decirle que ya recibí el dinero que me envió para la reparación de mi auto. Fue de gran ayuda.

Claudio: Fue un placer, Perla. Ya sabe para eso son los amigos. Ahora debo irme, que viene mi hija, y se molesta si paso mucho rato en esta diversión. Hasta más tarde.

Perla: Un beso.

Rosa María le hizo señas al Chico, indicándole que quería hablar en privado con él. El Chico salió, con cara de pocos amigos.

—Ya te he dicho que no debemos tocar temas personales durante las horas de trabajo, damos mal ejemplo a los otros. ¿Qué quieres?

Ella lo miró como quien ve a una persona a la que apenas conoce. Realmente, la relación no era buena. La comunicación, algo tan básico en una pareja, se deterioraba entre ellos a pasos agigantados. La última vez que habían salido a bailar, el Chico le había hecho una escena de celos espantosa. Había terminado dándose de golpes con otro tipo al que no conocían. Al Chico se le metió entre ceja y ceja que el tipo se había pasado toda la noche mirándola, y que ella también había coqueteado con él. De regreso a casa, le había dado un par de cachetadas que no le perdonaría. Ese día marcó el principio del final de una relación que no prosperaría.

Ella salió del billar y él la siguió con mala cara. Caminaron hasta el café de la esquina, donde se acomodaron en una mesita. Había otras personas en el lugar, y eso le dio el coraje que necesitaba para terminar su relación con aquel hombre. Era probable que controlara su ira con público cerca y a plena luz del día.

Sin embargo necesitaba estar lista para cualquier reacción del Chico. No solo se despediría como novia, sino también como empleada suya. Dejaba todo lo que tuviera que ver con él. Respiró fuerte y habló, decidida:

—Chico, sabes que las cosas no han estado bien entre los dos desde hace mucho tiempo. He tomado una decisión y espero que la respetes. No podemos seguir juntos como pareja. No estoy enamorada de ti, lo lamento.

Él la miraba con ganas de estrangularla, mientras ella continuaba hablando. Llevaba en el bolsillo de su chaqueta el anillo de compromiso que acababa de comprarle, quería darle una sorpresa y el que se estaba llevando la sorpresa era él. Lo estrujaba entre aquellos dedos rudos. ¿Qué le pasaba a esta loca?

—Como sé —prosiguió ella— que resultaría incómodo para los dos vernos diariamente después de esta ruptura, he decidido cambiar de trabajo, de estilo de vida. Me siento muy sucia con lo que hago, Chico.

Él reventó, subiendo la voz:

—¿Qué dices? Ya sabía que algo raro te traías entre manos. Has estado actuando muy extraño últimamente. Desde aquel día en que fuimos a bailar. Sé que me extralimité, pero te pedí disculpas. ¿Estás saliendo con otro imbécil? Yo puedo mejorar y, si quieres, puedes trabajar menos horas. ¿Qué es lo que realmente quieres?

—No lo comprenderías. Quiero cambiar de ambiente. No estoy a gusto con este trabajo. No me gusta. Lo hago por necesidad, pero estoy segura de que, si me lo propongo, puedo conseguir algo más digno que hacer.

El Chico, indignado, le dijo:

—Ahora resulta que el trabajo es el problema. Mejor, dime la verdad. Dime que has encontrado quien te caliente más en la cama. Total, siempre has sido una ramera.

El Chico comenzó a subir el tono de voz. Otros clientes los estaban mirando.

—No te pongas patán, Chico. Debemos ser adultos y aceptar que nuestra relación nos está haciendo daño. No he vuelto a salir con nadie más desde que te conocí, pero me ahogan tus celos. No quiero vivir así. Voy a dejar el trabajo. Es la única manera en que podremos encaminar nuestras vidas y sanar nuestras heridas.

—Bueno, si es lo que quieres, que sea. Ponte al día con los clientes, entrena a José con ellos y te largas. No voy a retener a nadie contra su voluntad. ¿Cuándo te vas?, porque imagino que ya lo tienes todo planeado a mis espaldas.

—A fin de mes. Te llamaré cuando consiga otro empleo. Espero que me perdones.

—No me llames, no quiero volver a saber de ti nunca más en mi vida.

El Chico se levantó de la mesa y salió como un energúmeno por la puerta de aquel pequeño lugar. Por el camino, tiró el anillo a una cloaca que encontró a su paso. Rosa María terminó su café y se sintió liberada. Luego salió de la cafetería rumbo al billar y finiquitaría lo que le quedaba pendiente con aquella etapa de su vida. Iba muy calmada, y se sintió feliz. Hacía mucho que no se sentía así.

En cambio, el Chico regresó al billar dando un portazo, con cara de pocos amigos. Le gruñó al cantinero del billar, con el que se topó de frente, y que lo esquivó de forma brusca. Se dirigió al cuarto de computadoras.

—A ver, vagos, a trabajar, a trabajar, dejen de estar murmurando. José, sigue al pie de la letra las instrucciones de Rosa María. Ella acaba de renunciar, vas a heredar buenos clientes suyos, harás mucho dinero.

Perla y Panchita se quedaron atónitas con la noticia.

—¿Por qué se va? —se atrevió a preguntar Perla.

—¿Qué te importa? Métete en tus asuntos —contestó aquel hombre desairado.

Perla enmudeció y miró a Panchita con gesto interrogativo.

Rosa María regresó a los pocos minutos y se sentó frente a su equipo. Le confirmó a José que se iba de ese trabajo, que ya no podía continuar haciendo lo que hacía. Lo encontraba muy degradante. Lo estuvo entrenando durante la semana, bajo la mirada inquisidora de Chico y los ojos curiosos de Perla y de Panchita.

José, curioseando, le preguntó a Rosa María el último día de trabajo:

—¿A dónde vas a trabajar? ¿Le temes al Chico?

A Rosa María le pareció muy extraña su indiscreción. Sin embargo, le contestó.

—Iré a casa de una familia que espero que algún día me perdone. Y, para contestar la pregunta de si le tengo miedo al Chico, sí, es un hombre violento, nunca se sabe qué está pensando. Es como un perro rabioso, odia a toda la humanidad.

XXXII. Rosa María se despide

Era su último día en el trabajo del Chico. Rosa María había estado pensando y repasando qué decirle a Claudio. ¿Cómo explicarle que ya no sería el amor de su vida? Eran las once de la mañana. Estaría por comunicarse en cualquier minuto. De pronto, apareció en la pantalla:

> *Claudio: Buenos días, mi amor. ¿Cómo dormiste?*
> *Rosa María: Muy bien, gracias, angelito, pero tengo algo que decirte.*
> *Claudio: Dime, amor, soy todo oídos.*
> *Rosa María: Voy a cambiar de trabajo y donde voy no hay computadora, así que no podré comunicarme contigo.*

Claudio no contestó nada durante un tiempo, que pareció interminable.

> *Claudio: No te preocupes, mi amor, ya encontraremos la manera de comunicarnos. Te mandaré dinero para que compres tu propio equipo y no tengas que depender de tu traba-*

jo para que hablemos. Así podremos conversar todos los días, a cualquier hora.

Rosa María: No quiero que me mandes más dinero. Con mis ahorros, veré cómo resuelvo y compro una de segunda mano. Bueno, mi angelito, ya veremos cómo nos comunicamos. Lo único que te pido es que no te hagas amigo de otras personas por internet. Más adelante te explicaré por qué. Un beso.

Claudio: Estás rara hoy, me preocupa lo que dices. Prométeme que no te olvidarás de mí. Me llamarás, y de alguna forma nos comunicaremos. Avísame cuando consigas otro empleo. Escríbeme por carta, tú tienes mi dirección, te la mandé hace meses.

Rosa María: Trataré de hacerlo, Claudio, cuídate y quédate tranquilo. Adiós.

Claudio: Adiós, no, hasta pronto, mi amor.

Claudio cayó en una depresión muy grande después de aquel intercambio de palabras. Nada lo contentaba.

Al terminar la conversación con Claudio, Rosa María, aprovechando que el Chico no estaba, se dedicó a borrar los datos de su querido viejito de los equipos. No quería que lo siguieran extorsionando las otras mujeres de la compañía y, mucho menos, José. José, a distancia, la observaba. Estaba intrigado por esta muchacha. Era distinta al resto del equipo. En cuanto ella borró los archivos de Claudio, se despidió y salió de aquel antro.

José le dijo:

—Rosa María, espero que nos volvamos a ver. Me caes muy bien, admiro tu coraje y tu determinación de buscar otro camino.

—Suerte, José, y adiós. Adiós, muchachas, pórtense bien.

—No te pierdas —le contestaron las chicas.

XXXIII. Rosa cambia de trabajo

Llegó a su nuevo trabajo muy temprano. Ana la recibió de muy buen talante y se dedicó a mostrarle la vivienda. La patrona no estaba, así que le tocó a ella enseñarle sus labores.

Le presentó al jardinero y la llevó por los rincones de la hacienda. Su ansiedad crecía a medida que pasaba la mañana y todavía no conocía a Claudio en persona. En varias ocasiones, él se había ofrecido a regalarle una cámara para que se vieran por internet, pero, por razones obvias, ella había evitado ese regalo.

Él estaba en su habitación. Se atrevió a preguntarle a Ana:

—¿Cómo sigue el enfermito? ¿Estará despierto?

—No sabemos qué tiene. Está muy decaído. La patrona le ha aumentado la dosis de antidepresivos por instrucciones del médico. Si no mejora, lo llevará al psiquiatra.

Rosa le preguntó:

—¿Qué edad tiene?

—Noventa años —le respondió—. Todavía está activo, camina con su andadera y tiene novias cibernéticas. Estoy segura de que lo único que quieren de él es su dinero. Ya la hija puso detectives para que investiguen quiénes son esos truhanes.

Rosa pegó un pequeño brinco, sobresaltada ante la información que Ana acaba de darle. Escuchaba atentamente. En buena hora se había salido de ese lugar, pensaba. Nada más de recordarlo, se le ponía la carne de gallina.

Vieron que don Claudio seguía acostado y decidieron no entrar a molestarlo.

Fueron hacia la cocina y comenzaron a preparar el desayuno. Él iría a la mesa cuando se animara. Seguramente no demoraría en aparecer. Rosa estaba pendiente de ese momento. Quería verlo. Claro, él nunca la relacionaría con aquella otra mujer. Ella era delgada, morena, de pelo negro, nada que ver con la foto de la otra Rosa María rubia que le había enviado por internet al viejito meses atrás. Mientras ellas trasteaban en la cocina, don Claudio apareció en el comedor. Se apresuraron a colocar los últimos platos y cubiertos sobre la mesa.

—Buenos días. ¿Por qué tanta demora hoy para el desayuno, Ana?

—Buenos días, don Claudio. Disculpe, estaba enseñándole a Rosa cómo se pone la mesa.

Al escuchar el nombre de la nueva asistente del hogar, levantó la mirada para conocerla.

—Rosa. Mmmm, Rosa. Buenos días.

Y se sentó a desayunar.

—Rosa estará a cargo de sus cosas, don Claudio. Así usted recibirá una atención personalizada. Ella tiene mucha experiencia, verá cómo les va muy bien.

Él no prestaba mayor atención. Su mente estaba muy lejos de allí. Se encontraba demasiado triste y decaído para escuchar chismes domésticos. Él estaba enamorado y sufriendo como un adolescente. En la madrugada se había levantado y escrito una carta nostálgica.

Carta a un amigo

Soy como el llanero solitario. Mis amigos ya se han ido a cabalgar a otros mundos. Todos me han precedido en el tramo final. Ahora solo me queda recordar aquellos tiempos y soñar que pronto llegará la hora en que me vengan a buscar y entonces podré cabalgar a su lado. Los veré nuevamente y podré volver a sonreír.

Claudio

Esa tarde, afortunadamente, lo fue a visitar su amiga Sarita. Sarita estaba al tanto de su estado de salud, y de las pesquisas de su hija sobre las amigas cibernéticas. Lo encontró muy decaído. Él hablaba de sus intenciones de irse a una casa de retiro. Ya no le quedaban motivaciones para vivir. En una de sus escapadas había ido a visitar a un amigo en un hogar de ancianos para echar un vistazo y ver por sí mismo si en el futuro se acomodaría en ese lugar. Ya no quería darle más guerra a su familia. Le comentó a Sarita que el lugar estaba bien, un poco hediondo a orines por la cantidad de viejitos, pero no era un lugar apropiado para profesionales como él. El lugar no contaba con piscina, ni con cancha de fútbol ni de tenis. Sarita lo escuchaba y le decía:

—Pero, Claudio, ¿de qué sirven una piscina, una cancha de fútbol o una de tenis para la gente que está en silla de ruedas? Con tu hija te sentirás mejor. Si la gente de la tercera edad está en ese lugar es porque en sus casas no hay quien los pueda cuidar. Tú eres afortunado. Todavía tienes a tu hija que lo hace. Hay tanto viejito viviendo solo que en ocasiones ni se dan cuenta de que han muerto hasta que empiezan a descomponerse y el olor alerta a los vecinos.

—Sí, es verdad, no te falta razón. Total, yo no juego al tenis ni me meto en las piscinas.

—¿Cómo te va con tu novia brasilera?

Se entristeció.

—Ha desaparecido, Sarita. Cambió de trabajo y dice que no se va a poder comunicar más; eso es lo que me trae decaído y malhumorado.

—¿Ha desaparecido?

—Sí, eso parece. ¡Yo tengo tantas cosas que decirle! La estoy extrañando mucho. Quiero casarme con ella. Ella me comprendía —dijo, con lágrimas en los ojos.

Sarita se enterneció. «¿Por qué llorarán tanto los viejitos?», se preguntó con tristeza.

—Bueno, Claudio, ten paciencia. Seguramente no dispondrá de una computadora, eso complica las cosas. Ven, hablemos de otros temas.

XXXIV. José en su empleo

José se había integrado rápidamente al oficio. Después del entrenamiento que Rosa María le había dado, había quedado muy bien instalado. Las otras chicas no eran tan agradables como ella, sino frías y calculadoras. No sabía por qué lo había impresionado ella. Cuanto antes se ganara la confianza de sus compañeras, antes llegaría al fondo de su investigación.

José había llegado a ese país de muy pequeño, con su madre. Ella se había esforzado mucho para que él lograra su sueño. Desde niño quiso ser agente, así que al terminar la secundaria, se inscribió en la academia de Policía. Ahí estuvo varios años, hasta que le ofrecieron una beca para profundizar en criminología. Logró esa especialidad, que lo apasionaba. Estudiar el perfil de los delincuentes era su fuerte. Con los años, había formado su propia empresa de investigaciones, y ya se había hecho un nombre como persona seria y muy profesional en su campo. Le llovían los trabajos. En ocasiones, debía rechazar casos para no quedar mal.

Hacía pocos días había aceptado uno que le ocupaba la jornada completa. Trabajaba encubierto para descubrir bandas delictivas que operaban por internet. No era algo sencillo. No había especialistas en esta área, ya que el tema resultaba bastante novedoso. Eso era lo que más le atraía de aquel compromiso. Se parecía a trabajar con intangibles, necesitaba una paciencia de santo hasta que alguien cometiera un error.

Aquella clienta lo había citado para conversar con varias señoras de la comunidad, muy preocupadas, con situaciones similares a la suya. Aquellas señoras le habían informado, sin escatimar detalles, de que sus parientes, hombres, mujeres y niños, estaban siendo timados por medio de internet. No era el primer caso que atendía, ya antes había logrado desmantelar un grupo que se dedicaba a esas actividades. Aceptó el caso.

Realizando algunas pesquisas, había logrado llegar a un billar en un barrio de mala muerte. Se puso a jugar una partida y dejó caer el comentario de que andaba buscando un empleo. Se le acercó aquel hombre alto con una cicatriz en la cara y le preguntó si sabía de computadoras. Al darle una respuesta afirmativa, aquel hombre mostró interés. Lo citó al día siguiente para conversar. Le dijo que quizá había algo que podría ofrecerle. Terminó su partida y se fue a casa. No podía creer en su buena suerte. Había escuchado comentarios de ese local y de un cuarto prohibido en él.

Al día siguiente, se dirigió al billar, de nuevo. Vio al hombre que lo había citado dándole voces al cantinero. Por lo que deducía, discutían sobre un trago que se había tomando el cantinero, y el dueño se lo estaba cobrando. El cantinero lo miraba con cara abotagada. Por lo que le decía al dueño, había sido una noche larga y se tenía el trago muy merecido. Alcanzó a oír que lo amenazaba.

—Si me sigue jodiendo por un miserable trago, me largo de aquí.

Aquel hombre cambió de color y se convirtió en un ogro. Sin embargo, al ver entrar a José, se calmó. Olvidó el problema con el cantinero y se dirigió hacia él.

—Hola, José —lo saludó—, qué bueno que llegaste temprano. Sígueme, te contaré de qué se trata.

Se lo llevó hacia el cuarto prohibido. Allí le explicó en qué consistía su labor, su salario y las comisiones. Llegaron rápidamente a un acuerdo, y lo contrató. Al poco rato, fueron llegando las que serían sus compañeras. Se llamaban Rosa María, Perla y Panchita. Al rato, se enteró de que una de ellas era la novia de aquel hombre, al que llamaban el Chico.

José se instaló en su nuevo puesto y fue juntando la información que necesitaba a medida que pasaban los días. Sin duda, esta era una de las bandas que operaba estafando a la comunidad, en especial a ese segmento frágil de la humanidad, los que sufrían de soledad, depresiones y abandono. Reuniría más información para dársela a los familiares de las víctimas: ellos decidirían el próximo paso. Ya sabía cómo operaba el Chico: nombres de clientes, cuentas bancarias y depósitos, entre otras informaciones. Aquella chica que había dejado de trabajar cuando él comenzó lo había impresionado. Había tenido la osadía de abandonar ese mundo. Mejor para ella, esto terminaría mal. Perla y Panchita ya le habían contado la historia de sus vidas. Eran vidas tristes, pero, además, trabajando para el Chico se iban a poner peor.

Entre el grupo de mujeres que lo había citado para la investigación, estaba la hija de uno de los clientes del Chico: don Claudio. Hasta hacía unos días lo atendían las tres, aunque, especialmente, Rosa María. Cuando ella se fue, el Chico enfureció. Rosa María había borrado los archivos y direcciones de aquel cliente. El Chico se violentó tanto que, de la furia, rompió una de las computadoras. Juró que se vengaría de ella.

La hija de don Claudio parecía la más interesada en desbaratar la red de estafadores. En un par de semanas estaba todo listo para caer sobre el billar del Chico con la policía y arrestarlos a todos. Sería un grupo menos delinquiendo y abusando de los incautos. Había información y pruebas de sobra para proceder legalmente contra ellos. El tal Chico era un individuo sin ningún tipo de escrúpulos. Al día siguiente, José iría a visitar a la hija de don Claudio. Le expondría la situación actual y le diría que ya a su padre no lo molestarían más.

Rosa María había desaparecido del mapa con la información de su padre y, por lo menos, este grupo no continuaría estafándolo. ¿Dónde se habría ido a trabajar ella? Rosa María se había marchado por lo mal que se sentía allí. Eso era bueno para ella, así no caería presa. A él le pareció una mujer sincera que quería retomar el control de su vida al separarse del Chico. Perla era más ambiciosa y Panchita, un poco incauta. Desafortunadamente, ellas caerían junto con el Chico, no podía hacer nada. Quien anda en malos pasos, mal acaba. Lo único que podría aminorar su responsabilidad era que estaban contratadas por él, y que las había convencido de que se trataba de un negocio legal. Eso podría favorecerlas y reducir la condena. Él caería preso junto con el grupo, porque era la única manera en que la maniobra se podía llevar a cabo. De otra manera, el Chico sospecharía que había tenido algo que ver con su captura. Iría al calabozo con el resto; después, su contacto lo sacaría de la cárcel.

XXXV. José y la hija de don Claudio

José fue a visitar a la hija de Claudio. Le llevaba en un sobre la información que había recopilado. Coincidentemente, la misma red era la que había estado extorsionando a otra de las familias.

Tocó la campanilla de la puerta. Apareció una mujer morena muy gorda. Se anunció, tenía una cita con la señora. Ana lo hizo pasar al salón mientras iba a llamar a la patrona.

—Señora, la busca un señor, de nombre José.

Rosa alcanzó a escuchar el nombre y sintió una corazonada. Se asomó por la orilla de la puerta y vio que, efectivamente, era el mismo José que ella había conocido donde el Chico. «¡Qué raro!», pensó, «¿qué hará este hombre por aquí?». Se asustó. Pensó lo peor: el Chico la había localizado por medio de José y se quería vengar por haber borrado los archivos donde aparecían los datos de don Claudio. Ella se escurrió discretamente por la puerta para no ser vista; no alcanzaba a escuchar lo que platicaba el tal José con su patrona. Se dirigió a la habitación de don Claudio, esperando lo peor. No quería perder su empleo por un escándalo del Chico.

Mientras tanto, José le explicaba a la patrona lo relacionado con aquella red. Estaba todo listo para que la policía entrara al antro en el que operaban y la desmantelara, si así lo decidían los contratantes. José los estaba visitando uno a uno para ver si reconocían en la lista de los clientes del Chico a alguno de sus parientes. Aunque la mujer que había extorsionado a su padre ya no trabajara en la organización, la hija de don Claudio estuvo de acuerdo con que la policía actuara y dio su apoyo para proceder. Ya tenían las pruebas en su poder. Le manifestó que estaba más tranquila desde que había contratado a una buena mujer para atender a su padre, y que él parecía estar más optimista.

La joven le había tomado mucho cariño y le dedicaba el día entero. Ella había logrado distraerlo y ya no se metía tanto a la computadora.

XXXVI. Sorprenden al Chico

Con las pruebas en la mano, José tenía todo preparado con la policía para caerle a la red de estafadores cibernéticos. Había visitado a sus clientes y le habían dado el visto bueno a su plan de actuación.

Una mañana lluviosa, la policía rodeó el salón de billar. Un agente entró preguntando por un hombre apodado «el Chico». El cantinero, con cara de pocos amigos y muchas ganas de vengarse de las perrerías que le había hecho el mafioso, señaló el cuarto del fondo. Entraron otros policías cautelosamente y sorprendieron al grupo *in fraganti* en el cuarto prohibido. José, Perla, Panchita y el Chico. Este los miraba con ojos de asesino y prometió vengarse de quien lo hubiera traicionado. Le entraron grandes sospechas de que hubiera sido Rosa María. Si se había atrevido a borrar varios archivos de la computadora, también podría haberlo delatado. Trató de sobornar al teniente que mandaba la operación para que lo dejara escapar, inútilmente. Fueron arrinconados contra la pared, los revisaron y se los llevaron esposados en la patrulla. Perla y Panchita lloraban a gritos que ellas también eran víctimas del Chico. José se defendió diciendo que él apenas llevaba unos días trabajando en ese lugar. Igual se lo llevaron detenido con los demás. A los pocos días, José quedó libre, oficialmente porque se pudo comprobar que no había timado a nadie todavía. Las mujeres no salieron tan bien paradas.

El Chico no contaba con padrinos que lo defendieran, así que el juez analizó las pruebas y consideró que había motivo para un juicio, por lo que se decretó su ingreso en prisión preventiva. En el momento en que lo trasladaban, escapó. Algunos superiores de la policía estaban convencidos de que había comprado a los guardias de turno. Todos estaban bajo investigación.

Perla y Panchita enfrentaban, en el peor de los casos, una condena leve. Sus delitos no eran tan graves.

XXVII. Desenlace

José se reunió con la hija de Claudio para informarle sobre el desenlace de la investigación. Le contó los pormenores de la condena del Chico y sus secuaces. La señora se mostró complacida y esperaba que permanecieran muchos años en la cárcel. Lo que José desconocía en ese momento era que el Chico se acababa de escapar. Al finiquitar los asuntos pendientes con ella, se despidió. En ese instante, Rosa pasó por el pasillo y la hija de don Claudio la llamó.

—Rosa, por favor, acompañe al señor a la puerta.

Ella, obediente, se encaminó hacia la salida, seguida por José.

XXXVIII. José y Rosa María

La impresión de encontrarse los dos en aquella casa fue enorme. José trató de disimular que la conocía, y viceversa. Estaban muy sorprendidos. Caminaron como autómatas. Cuando estaban lejos de la sala y del alcance de la hija de don Claudio, José dijo:

—Rosa María, ¿qué haces aquí?

Ella pensó rápidamente que la mejor defensa era el ataque.

—¿Qué haces tú aquí? ¿Te mandó el Chico a espiarme?

—No, no, no, nada de eso. Estoy acá por otras razones. Ya no trabajo con tu ex. ¿No sabes que está preso?

—¿Preso? No tenía idea. No he estado muy al tanto del noticiero, no sabía nada. ¿Qué pasó?

—¿Podemos conversar un rato? Tengo mucho que contarte. ¿Cuándo dispones de un tiempo libre?

—Hoy en la tarde puede ser. Nos vemos a las dos en la cafetería El Nido, la que queda en el parque forestal.

Se despidieron hasta entonces. Ninguno de los dos salía de su asombro.

Para hacer tiempo, José se fue a la oficina. En el contestador encontró una llamada urgente del cuartel de la policía: el

Chico había escapado. Eso complicaba las cosas. Recordaba las amenazas de muerte que había gritado a los cuatro vientos el día de su detención. Rosa María podría estar en peligro.

Ella, por su parte, se preocupó mucho por el encuentro con José. No le pasaba por la mente en qué podría estar metido. ¿Y si le estaba mintiendo y el Chico, efectivamente, lo había enviado para espiarla? Estuvo muy agitada hasta que llegó a la cafetería aquella tarde.

José la vio en cuanto entró, se le acercó y la guió hacia una mesa reservada al fondo del salón. Miraba alrededor y hacia la puerta, asegurándose de que nadie la seguía.

Una vez que ordenaron los refrescos, José le confesó que era detective y que había estado siguiéndole los pasos al Chico. Le contó lo acontecido desde que había entrado a trabajar hasta que cayó preso.

Ella, por su lado, le contó que la conciencia no la dejaba vivir en paz y que, cuando se le presentó la posibilidad, cambió de trabajo y afortunadamente había conseguido un empleo en casa de don Claudio. Allí sentía que estaba pagando por el daño que había hecho. En esa casa nadie conocía su trabajo anterior, y le pidió discreción. Sentiría mucho dejar nuevamente la comunicación con don Claudio. Desde que ella trabajaba cerca de él, este había mejorado en todos los sentidos. José la creyó. Rosa María le resultó simpática desde el primer minuto en que la conoció, y se alegró de que estuviera bien.

—Ahora, Rosa María, lo que me inquieta es otra noticia de la cual me he enterado hoy. El Chico escapó cuando lo cambiaban de cárcel, y estoy preocupado por tu seguridad.

Él prometió vengarse de quien lo hubiese delatado, y se fue a la cárcel pensando que fuiste tú la culpable.

—Yo no lo hice. Ganas no me faltaban, pero no fui yo.

—Lo sé, aunque ya sabes cómo es él, un poco salvaje, y temo que te encuentre. Procura no ir por aquel barrio. Seguramente esté escondido en alguna ratonera y habrá puesto a su gente a averiguar tu paradero.

—José, me dejas preocupada. ¿Qué pasó con Perla y Panchita?

—Cayeron presas, pero no estarán mucho tiempo en el calabozo. En realidad, al que querían atrapar era al Chico. Me alegro de que te hubieras ido a tiempo. ¿Puedo llamarte más adelante para ver cómo estás y salir a pasear un rato?

Rosa lo miró con curiosidad.

—Sabes que no soy buena compañía, puede ser peligroso para ambos.

—Yo sabré cuidarte —le dijo.

Ella aceptó aquella amistad, que le pareció sincera. No había vuelto a salir con nadie desde que ingresó a su nuevo trabajo. Estaba tan concentrada en que don Claudio recuperara el ánimo que no le quedaba cabeza para otra cosa. Un cambio de ambiente no le sentaría mal. José parecía buena persona. Le había comentado que no tenía pareja, que el trabajo no le daba tiempo para distracciones. Quedaron en ir a un cine en la próxima salida. Había una película que ambos querían ver.

XXXIX. Matan al Chico

El Chico había sobornado a los vigilantes durante su traslado de una cárcel a otra con algo de dinero que había ahorrado. Inicialmente, había pensado usarlo para montar un apartamento en un buen barrio cuando se casara con Rosa María, pero eso había quedado en el pasado. Cada vez que se acordaba de ella, lo hacía con rabia, con rencor. Ninguna mujer lo había ofendido a ese nivel. Rompió su relación, dejó el empleo, había borrado los archivos de su mejor cliente y, lo peor de todo, sospechaba que ella había sido quien lo había traicionado. ¿Quién más podría haberlo delatado? Nadie que lo conociera se habría atrevido a eso. Ella era la única que le faltaba el respeto y no le temía.

Estaba escondido en un hotel de mala muerte. El dueño le debía varios favores y le había dado asilo ahí mientras planeaba su salida del país. Pero, antes, había decidido dejar las cuentas arregladas con los traidores. Su amigo le aconsejaba que se olvidara de la venganza por ahora: la policía lo buscaba y no valía la pena exponerse tanto. Además, le decía, «no hay pruebas de que haya sido Rosa María». No quería ni escuchar su nombre. Todavía la extrañaba y la odiaba, dos sentimientos que eran malos consejeros en ese momento. Su amigo disponía de muchos contactos y le había llegado información de que la policía estaba *peinando* la ciudad para encontrarlo. Había quedado al descubierto el soborno pagado para fugarse y las máximas autoridades y la prensa estaban pendientes del caso.

Nada lo iba a detener. Él tenía otros planes, prefería morir antes que volver a prisión. Su proyecto inmediato: buscar a Rosa María y hacerle pagar por su detención. Quería verla sufrir, quería verla arrastrada implorando perdón. Si había algo que no perdonaba era la falta de lealtad. Ella lo había traicionado. ¿Quién más podría haber sido, si no? Los otros tres empleados habían caído presos junto con él. El cantinero del billar sabía que era hombre muerto como hablara del negocio que quedaba tras aquella puerta del fondo.

José no se había quedado tranquilo después de hablar con Rosa María y decidió mantenerse cerca de ella. Temía por su vida. Había pasado una semana desde su cita cuando la llamó para invitarla aquella tarde al cine, como habían quedado. Salieron a ver una película romántica, de esas de antaño.

Por su parte, el Chico, que había estado realizando averiguaciones sobre el paradero de Rosa María, la estaba acechando. Ya la había localizado. Supo que trabajaba en una casa de familia y la vigilaba de lejos para toparse con ella. Ella permanecía casi siempre en la vivienda, así que no había sido fácil seguirla. Pero aquella tarde vio que salía muy arreglada. Seguramente era su día libre. Ahora sí se las veía con él, se las pagaría todas juntas. Alcanzó a ver que se juntaba con un hombre unas cuadras más abajo. Los siguió a una distancia discreta. No quería que lo descubrieran. Entraron a un cine. Los esperaría y la atraparía cuando acabara la película. No alcanzó a distinguir el rostro del acompañante; igual se llevaría su merecido, por ir con su ex. Cuando salieron, los sorprendió. Al descubrir quién era el acompañante de Rosa María, empezó a echar espuma por la boca.

—Ahora sí me los echo a los dos —les dijo—. ¿Desde cuándo están juntos? Y tú, José, ¿qué haces con esta traidora? Fue ella la que nos delató. Voy a matarla.

—Estás equivocado, Chico, ella ni siquiera sabía que estabas preso. Fui yo quien se lo dijo cuando me dejaron libre. Yo le conté lo que había pasado y cómo habíamos ido a parar a la cárcel. Ella se salvó de milagro, si no, estaría presa con las otras. A mí no me encarcelaron porque no había empezado las operaciones aún, pero Perla y Panchita están detenidas en espera de juicio.

Rosa María, muy asustada, le dijo:

—Me enteré hace pocos días de lo que sucedió. Varias veces te advertí de que el negocio era turbio y te podían acusar ante las autoridades. Nunca me hiciste caso. Ahora te están buscando por todos lados. Mejor vete a esconderte y deja las cosas en paz. Con el tiempo, las autoridades se olvidarán de ti e irán tras otro pez gordo. Suficiente daño has causado con tus andanzas.

—¿Desde cuándo andan juntos ustedes? ¿Fue por este mequetrefe que me abandonaste?

José trataba de mantener la calma. Le preocupaba Rosa María. En eso, vio que se acercaba una patrulla de policía por la esquina, a espaldas del Chico. Los policías notaron algo sospechoso y se acercaron lentamente. El Chico se puso nervioso y echó a correr. Los agentes, al reconocerlo, le gritaron que se detuviera, pero él hizo caso omiso. Entonces dispararon y dieron en el blanco. El Chico cayó al suelo, mortalmente herido.

Después de tomar varias notas, la policía les dijo:

—Váyanse, jóvenes, este es un delincuente de alta peligrosidad que estábamos buscando. Si los necesitamos, los citaremos para declarar.

Llamaron a una ambulancia y se llevaron al Chico, que murió en el camino hacia el hospital.

Los dos, pálidos por la velocidad a la que se habían producido los acontecimientos, se fueron a casa de José a recuperarse del mal rato.

XL. Rosa María y Claudio

Desde el día en que Rosa llegó a trabajar a la casa de don Claudio, este simpatizó con ella. Ya él no quería que Ana lo atendiera para nada. Rosa tenía que estar a su disposición las veinticuatro horas. Le habían improvisado una cama en la habitación por si don Claudio la necesitaba durante la noche. Ella lo trataba con mucho cariño, y eso le agradaba al viejito, que se dejaba consentir. Ella se sentaba al pie de su cama, le leía cuentos, novelas, el periódico, escuchaban música. Pasaba en su habitación la mayor parte del día. Salían solo para las comidas y para dar unas vueltas por el jardín cuando el día lo permitía. Con su llegada, el señor se había recuperado de la depresión.

En ocasiones, Claudio la observaba en silencio. Había algo en ella que le llamaba la atención. No podía precisar qué era. Nunca la había visto, pero era como si la hubiera conocido en otra vida. Algo en ella le llenaba de contento. Hacía más de un mes que no sabía ni de Perla, ni de Panchita, ni tampoco de su amor, Rosa María. Todavía no se explicaba qué había hecho mal para que Rosa María lo abandonara de un día para otro. Ella se había ido y él había perdido las direcciones de

Perla y de Panchita. Ya no tenía ánimos para comenzar a hacer otras amistades. Le echaba la culpa a sus dedos torpes, que jugaban con el teclado y mandaban instrucciones involuntarias que a veces borraban sus contactos. No supo qué sucedió, simplemente se habían borrado las direcciones de sus amigas. El yerno trató inútilmente de recuperar algunos datos, pero solo salvó la dirección de algunos familiares.

El tiempo se iba deslizando, ¿ya no extrañaba a aquellas amigas o sería que ya no le interesaban? Disfrutaba de otros entretenimientos. Salía de paseo con Rosa y el chofer. En una ocasión, fueron a pasear a su pueblo natal. Le enseñó la casa donde había vivido de niño, le habló de los tabúes familiares, de sus temores, hizo una retrospección de su vida, le habló de su falta de fe, de cómo admiraba la devoción de su difunta mujer y su fortaleza. Aquel día, entusiasmado, volvió a comprar lotería; se sentía optimista. Todo iba muy bien hasta que sufrió un ataque al corazón.

Estuvo en cuidados intensivos un tiempo. Los doctores confiaban en que, en su hogar, la recuperación sería más rápida. Volvió a la casa, donde lo esperaban sus fieles servidores.

Rosa se sentaba a su lado para leerle. Lo atendía con mucha devoción. En ocasiones, ella batallaba con su conciencia, no quería seguir ocultándole la verdad de su identidad. No quería que muriera sin identificarse.

Aquella mañana de finales de abril, Claudio abrió los ojos. Estaba consciente. Ella entró a su habitación y se sintió feliz: era la oportunidad que había estado esperando. Se le estaba cumpliendo el milagro, lo encontró despierto. No quería leerle, ni tampoco pondría música. Su hija y su yerno habían salido, Ana estaba ocupada con sus quehaceres en la cocina; aprovecharía para hablar sinceramente con él, con el corazón abierto, sin tapujos. Le contaría un cuento: le diría la verdad, le echaría el cuento de su vida.

Él la miraba desde su cama. La notó nerviosa. Ella le confesó quién era. Aprovechó para desahogarse mientras que don Claudio la observaba curioso.

—Claudio, yo soy Rosa María, la mujer que te escribía por internet, la mujer que recibió tus regalos, la mujer que te engañaba diciendo cosas cariñosas. Esa soy yo. Perdóname, no quise hacerte tanto daño. Por eso vine a trabajar contigo, para que me perdonaras el daño que te he causado.

En eso, él cerró los ojos, se sentía cansado. Le pidió que sacara de su maletín un sobre que había adentro. Ella obedeció y se lo entregó.

—Es para ti, Rosa María, siempre lo supe. Lo presentí desde el momento en que llegaste a esta casa. Era demasiada coincidencia que inmediatamente después de perder a Rosa María, otra Rosa viniera a mi lado. Solo estaba esperando que te desahogaras y me contarás la verdad.

Él escuchó atentamente la historia de aquella mujer que sí lo quería, no como amante, sino como una buena amiga.

En el sobre, entre otras cosas, estaba este poema:

Te conocí

Te conocí,
te juro que te conocí,
desde el momento en que te vi.
Fue tu amor el comienzo
que despertó en mí. Tu portento.

Te vieron mis ojos,
tu aroma sentí,
miré mis sonrojos
lo bello de ti,
desde el momento
en que te conocí.

Tu silueta vi venir
despertando mi existir,
inspirándome a escribir
estos poemas
y arribar a ti como un cometa
para jurarte que te conocí.

Fue la alegría de verte,
desearte como tal,
que mi impulso fue decirles
a los demás: juro que te conocí.

Ella le pidió perdón, y lloraba desconsoladamente.

—Cálmate, Rosa, cálmate, ya pasó. Yo agradezco de corazón que me hayas confesado la verdad. Así podrá nacer entre los dos una amistad sincera, real, no a través de un aparato tecnológico que, por lo demás, ya no puedo ni manejar. Mantendremos el secreto. Él volvió a dormirse. Pasaron un par de días antes que volviera a estar lúcido.

Ella permanecía a su lado. Estaba dormitando, sentada en la silla al lado de su cama. Hacía bastante que él no hablaba. Estaba muy mal de salud. Ella le sujetaba la mano y lo miraba. En eso, él abrió los ojos, la miró, sonriéndole, y dijo:

—Tranquila, Rosa María, ya sé quién eres.

Él volvió a cerrar los ojos. Ella sabía lo que él quería, lo que él necesitaba. No tenía que mencionarlo en voz alta. Él solo deseaba que ella le sostuviera la mano, esa mano que lo ayudaría a dar el último paso hacia el camino de la eternidad. Él solo quería un poco de amor que le sirviera de puente para rencontrarse con su esposa. Ella siempre lo supo.

12/16 ① 4/16